在交友軟體上與前任重逢了。

VOLUME. 2

ナナシまる Illustration 秋乃える

Kadokawa Fantastic Novels

序章　在交友軟體上跟性感大姊姊配對到了。

『看，不覺得這個很像你嗎？』

我懶洋洋地躺在床上看著這則訊息附帶的圖片，一隻貓一臉跩樣地看著相機鏡頭仰躺在路上。

這隻貓哪裡像我了？有種被人嘲笑的感覺。

傳訊息的人，是分手後跟我斷聯一年的前女友高宮光。

一週前，在緣司的安排下，我們兩個之間的隔閡消除了一些……的感覺。

說起來我和光長達一年沒見面，也不會像現在這樣互相聯絡。

之所以演變成這種會傳煩人ＬＩＮＥ訊息給我的關係，起因在於我在緣司推薦而開始使用的交友軟體Connect上偶然與她重逢。

日後我們又見了幾次面，那一天，我們的關係明顯地產生了變化。

分手時，我不小心對她說出很過分的違心之論。肯定是因為我正式向她道歉了，才會有這麼大的影響。

這也要多虧費盡苦心幫我們修復關係的緣司。

在那之後，我們開始會用ＬＩＮＥ聊這種無聊的小事。雖說如此，光傳的ＬＩＮＥ大多在責罵我……

在她傳的訊息中，這次說我像貓屬於相對溫柔的內容。

『確實像。畢竟我也是治癒系嘛。』

『啥？你哪裡治癒了？』

『不過這隻貓也滿像妳的吧？妳肚子餓心情不好的時候，就是這種表情喔。』

『眼神凶惡懶在那邊的樣子跟你很像吧？』

『反正貓很可愛，像就像吧。』

『可是貓咪光是待在那邊就很療癒，你的存在讓人火大。』

『不曉得是誰曾經跟那麼讓人火大的傢伙交往過。』

『這只能說是人生的汙點，我會反省。』

『這樣講未免太過分了吧？』

容我收回剛才那句「相對溫柔」的話語。

跟以前比起來，現在的關係感覺比較沒有距離感。

不過事實並非如此。

重逢後我們還是一天到晚吵架，只能用水火不容形容。

此時此刻我們也像這樣在進行跟吵架沒兩樣的事，不過老實說，每次光傳LINE給我，我都會想起那天的回憶而感到難為情。

這讓我跟她相處起來有點尷尬。

——你喜歡我的哪些部分？

平常我應該只會唬弄過去，那天天色已暗，我又被緣司的計畫耍得團團轉，腦袋不正常。

——廚藝那麼爛，還會為了我努力做便當的部分。

她總是早起為我做便當。

——吃什麼看起來都很好吃的部分。

看她吃得津津有味，是我每天的樂趣。

——笑的時候會用雙手掩嘴的部分。

明明是那麼細微的動作，即使過了一年依然歷歷在目。

——下樓梯時最後兩階會用跳的——

每當回想起自己說過的話，臉頰就會發燙。我怎麼會講出那麼羞恥的臺詞啊？

光那傢伙會不會在手機的另一端想起當時的我，偷偷嘲笑呢？

我還忘不了她。

可是，我無法確信這是否就是喜歡的心情。

因為喜歡，不希望又跟對方變得漸行漸遠；因為喜歡，不希望對方被其他人搶走。

如果這麼想倒還簡單。

實際上則更加複雜。假設我們真的復合，能夠好好相處嗎？會不會又因為一點小爭執鬧分手？再說光對我是怎麼想的呢？仔細一想就會發現，煩惱的種子源源不絕。

不只是光。

不知道從什麼時候開始，我挑朋友的時候開始會考慮個人利益。

或許這就是所謂的長大。

目前，我自己也搞不懂自己的心情。所以才會一直這麼在意，覺得尷尬。

而且，還有一個讓我尷尬的對象。

——我會讓你忘記她。

那個內向怕生、講話會吃螺絲的心露小姐雖然紅著一張臉，沒想到竟然一臉光明正大的表情講出那種話。

儘管是透過ＬＩＮＥ說的，老實說那句話對我而言威力非常大。

不曉得心露小姐究竟有何意圖。

——阿祥先生是個老實人，所以才會這麼認真地在煩惱。這一點深深吸引著我。

假如前面沒有這句話，我應該不會受到這麼大的震撼。不，或許不一定。

就算少了那句話，我一定還是會跟現在一樣，不只為光一個人，也為心露小姐煩惱不已。

正常來說，誰都會覺得當時那句話是「我會（以新戀愛對象的身分）讓你忘記她」的意思。如果這樣假想，心露小姐當時等於在對我發出戀愛的宣戰布告。

可是以她的個性看來，她講得出那麼大膽的話嗎？我對此抱持疑惑。

因此，我認為下一個選項可能性較大。

那就是「我會（以朋友的身分）讓你忘記她」的意思。

很遺憾，如果對象是心露小姐，後者的可能性極高。

即使她的意思真的是前者，我不認為心露小姐有辦法當著我的面講出那種話。

「啊———」

仰躺著滑智慧型手機的我，將智慧型手機扔到床上。

智慧型手機在彈起來的同時震動，我以為是跟我聊到一半的光傳ＬＩＮＥ過來，將剛放下的智慧型手機拿回眼前。

『香楓小姐覺得您「讚」。』

是藍綠色圖示的程式傳來通知。

最近我幾乎沒在用的交友軟體——Connect。

就在上個星期，Connect程式內部傳來活動的預告，我稍微看了一下通知，發現我加入滿一個月了。我只有支付一個月的會費，所以我還以為已經不能使用了，但它好像會自動扣款，因此我又被扣了一個月的會費。

只要不去更改設定，就會一直自動扣款的樣子。

我現在又沒在用，真浪費。

在惋惜的同時，我決定看看剛才難得願意對頭像是蛋包飯的我按讚，喜好獨特的香楓小姐的個人簡介。

契合度百分之七十八。

光是九十八，心露小姐是九十二，所以七十八給人很低的感覺……不過超過九十本來就是相當罕見的案例。

時至今日，超過九十的人我只遇過光和心露小姐，就是這麼稀有。

雖然我看過幾位女性的個人簡介，大部分的人都在八十左右。

香楓小姐並沒有特別低。

她個人簡介的照片，是面帶微笑的半身照。

說實話，我剛開始以為交友軟體上會有一堆外表不怎麼可愛，現實世界裡跟戀愛無緣的女性。

不過光、心露小姐，以及香楓小姐……都很可愛。

香楓小姐的外表，具有不同於光和心露小姐的女性魅力。

該怎麼說呢？感覺很成熟，散發出強烈的性感氣息，更重要的是，顯示在半身照中的胸部。

她穿著乳溝部分挖空的衣服。

兩座山峰從那個洞底下露出。

這種照片應該會引來很多想約砲的人……

而這位容易吸引約砲男的香楓小姐，出人意料跟我一樣是二十歲，居住地也都是在神戶市。

她是個學生，興趣是去狗狗咖啡廳。

希望她能好好疼愛我家的緣司。

香楓小姐喜歡的東西是狗、酒和可愛的男生。可愛的男生是怎麼回事？這東西通常不會寫在個人簡介上吧？

因為自動扣款的關係被扣四千日圓，又難得收到了讚，回讚一下好了。

我絕對不是被胸前的洞所吸引。

話說最近很常看到這種衣服，應該跟流行過一段時期的童貞殺毛衣具有同等級的殺傷力。

為什麼女生有辦法面不改色地穿上這種衣服啊？

『您已和香楓小姐配對成功。』

配對成功後第一則訊息要傳什麼，以我現在亂成一團的腦袋來說，感覺得花一段時間思考。

我看著天花板想了幾分鐘，卻毫無頭緒。

「廁所衛生紙……」

最後想到的不是第一則訊息，而是廁所衛生紙快用完的問題。

統計資料顯示一小時內傳訊息能提升收到回覆的機率，如果沒傳的話，Connect會通知使用者。

可是我現在沒有想法，決定先去買廁所衛生紙，於是從床上坐起身。

進入四月，溫度回暖不少。

由於只是要出門買個東西，我在身上的白色T恤外面加了件灰色外套，將在家穿的短褲換成黑色西裝褲。最後穿好襪子，在玄關套上白色運動鞋……

「出門吧。」

我本來想去附近的藥局，現在卻非常想吃麥湯勞薯條，便決定前往最近的車站。

今天是假日，我整天都在為光和心露小姐煩惱，抵達時已經超過晚上九點。

我在藥局關門前買好廁所衛生紙，在麥湯勞吃到心心念念的薯條。

沒有遺憾了，回去吧。

結果浪費掉一整天的時間。

假如要我描述今天做了什麼，我只能說：「買了廁所衛生紙。」

當我準備回家，走向車站前的公車站牌時，看到有個大姊姊倒在路邊，而且那位大姊姊旁邊坐著一名穿西裝的大叔。

他們認識嗎？都過晚上十點了，是喝完酒要回家嗎……？

「十點……？糟糕！」

某方面來說，神戶市的交通工具挺多的，但我住在市內比較偏僻的地方，末班車的時間比較早。

喝醉的大姊姊交給看似上司的大叔照顧即可，我沒時間擔心這些。

忘記注意時間了。

都是因為我滿腦子在想光和心露小姐的事。

假如錯過末班公車，從車站要走二十分鐘才到得了家。

雖然不是走不回去的距離，可以的話，我比較想搭公車。

用跑的還來得及——

我跑向公車站牌，經過剛才那個大姊姊和大叔前面。

那一瞬間，眼角餘光瞥到的畫面使我反射性地停下腳步。

大叔的手在摸大姊姊的屁股，不如說手已經伸進裙子底下了。就算是上司也不能幹這種事吧？

可是，萬一他們是情侶呢？

儘管很難想像，卻未必不可能。就算假裝他們是情侶，正常人在女友醉倒時會先摸她的屁股，而不是先照顧她嗎？

不，不會吧。而且這裡是公共場合。

公車站牌已經進入視線範圍內，公車正好到站了。現在衝過去還來得及。

可是，我不能走。不能置之不理。

我不是想做善事。假如只是放著她不管直接回家，我會良心不安。

「喂，姊，妳怎麼睡在這種地方啊？我來接妳了，快起來啦！」

我儘量裝出自然的態度，大聲吸引其他人的注意力。

幸運的是，附近有派出所。有什麼意外大可叫警察。

「嗯……」

大姊姊難受地揉著雙眼，抓住蹲在旁邊的我的袖子。

旁邊的大叔驚訝地看了我一眼，之後便急忙離去。

太好了。

這樣就能放心了。

接下來要做的就是把大姊姊帶去安全的地方，或者等她醒來吧。

「那個……你是誰？我沒有弟弟耶。」

大姊姊兩眼無神，不知何時抓住了我的膝蓋。

臉頰泛紅，體溫也偏高。

而且有股酒味。

「剛才往那個方向跑走的大叔想要趁妳睡著時偷摸妳的身體。對不起，情急之下做了那種事。」

「這樣呀～謝謝你～……嗚！」

「嗚……？」

大概是距離感出了什麼問題，大姊姊把我的膝蓋當成抱枕抱著。她的體溫隔著西裝長褲傳來，那聲「嗚」卻讓我有股不祥的預感，沒心思害羞。

「嘔、嘔、嘔──」

果然不出所料。

她摀住嘴巴，臉色瞬間刷白。

「等等等等一下，大姊！水！我去幫妳買水！」

我連忙去附近的便利商店買了水和運動飲料，狂奔回到大姊姊身邊。

我在電視上看過，運動飲料能比水更快吸收水分，所以姑且買了一瓶。

「大姊姊，給妳。妳有辦法自己喝嗎？」

為了方便飲用，我打開瓶蓋，將運動飲料遞給坐倒在地的大姊姊。

「嗯～我想喝威士忌蘇打調酒～」

「妳夠了喔。」

我反射性吐槽。總覺得為這個人錯過最後一班公車像個白痴。

她背靠在柱子上，癱軟無力地喝起運動飲料。

這時，我莫名有股既視感。

好像在哪裡看過這位大姊姊。

——請問妳是Connect上的香楓小姐嗎？

有個留著狼尾頭的輕浮小哥跟她搭話。

沒錯，就是我和光重逢那一天。

等待光的期間，我在車站撞見另一對男女透過Connect相遇的瞬間。當時在場的，就是這個大姊姊——香楓……？

我想到一個可能性，用自己的智慧型手機發出尚未傳送的第一則訊息。

事已至此，傳什麼都行。

『晚安。』

按下傳送鍵的同時，掉在大姊姊身旁的智慧型手機響起。畫面上Connect的圖示跳了出來，顯示著『晚安』這則訊息，傳送訊息的人叫阿祥。

不會錯。

這個人就是我今天配對到的香楓小姐，同時也是跟光重逢那天看過的大姊姊，而且我們明明沒有約好要見面，卻像這樣在路上偶遇。

想不到這種奇蹟般的邂逅會發生三次。

一年沒見的前女友、同校又碰巧坐在鄰座的校園女神，以及以前看過且醉倒在車站的女性。最後那位有點奇怪就是了。

「謝謝你，我沒事了。」

大姊姊做了個深呼吸，環視周遭確認現在的狀況，拿起自己的智慧型手機。

「作為你幫助我的答謝，要不要現在去喝一杯？我請客。」

「妳是笨蛋嗎？」

明知這樣頗為失禮，我還是忍不住用很不客氣的語氣跟她說話，外加在頭上賞她一記手刀。

「嗚呼～」大姊姊哀號一聲，按住頭部。

「妳剛剛才因為喝太多，被不認識的大叔偷摸耶？要更小心一點。身為女性，妳應該要學會保護自己。」

「哎喲～你好帥～好想跟這麼帥的人一起去喝酒～開玩笑的啦……」

「妳這傢伙有沒有在聽我說話啊？」

「對不起。」

「總之，妳一個人回得了家嗎？」

「嗯——已經沒公車可搭了吧？沒辦法，我應該走不動，會搭計程車回去，所以你別擔心。謝謝你關心我！」

這麼說著且對我展露笑容的大姊姊——香楓小姐，穿著跟Connect個人簡介附的照片一樣，是胸前挖空的衣服。

而且穿這種衣服把腰彎得那麼低……

「不會，我只是不忍心坐視不管……」

直視她可能會害我「站起來」，不方便維持站姿，因此我迅速移開目光。

「我真的想答謝你，所以至少告訴我你的聯絡方式吧～」

用不著這麼麻煩，妳已經知道了。為了告訴她我的聯絡方式，我打開Connect展示給香楓小姐看。

「這個人是妳吧？」

「咦？這是你嗎？好神奇，跟命運一樣。我看到你的時候還在想：『他長得跟蛋包飯一樣，真有趣～』結果你本人比較帥耶？」

這種程度的命運，我已經是第三次了。

看來她把蛋包飯當成我的臉了。

我收到讚的時間已經是晚上，她那個時候就喝醉了吧。

醉到把蛋包飯當成臉。

「你叫阿祥呀。啊！我們同年耶～你也不要講敬語啦。我想跟你當好朋友～」

這個人講話跟緣司真像。

不過，既然我們同年，又得到對方的允許，確實沒必要用敬語說話。

「好，那我就不講敬語了。」

「平安到家後我再傳訊息跟你說！」

香楓小姐擺出敬禮的姿勢，身體卻搖搖晃晃。

真的沒問題嗎？

「那我也要回去嘍。」

「嗯！謝謝你！改天真的要讓我請你吃飯喔！」

「嗯，再見。」

儘管說了再見，我還是放心不下仍舊連站都站不穩的香楓小姐，便待在不遠處等她上計程車。

這段期間，她頻頻跟公車時刻表搭話，不然就是把一般車輛誤認成計程車，差點坐上去，看得我心驚膽戰，最後她好不容易搭到計程車回家了。

她有辦法順利說出目的地嗎？

或許我該送她回家，可是做到這個地步又怪怪的……

想著想著，光和心露小姐的問題被我拋到腦後，轉移了一些注意力。

明天起又要去上學了。

中午心露小姐應該會在食堂等我。

雖然有點尷尬，我不得不去見她。畢竟我還沒搞清楚她當時那句話是什麼意思。

我並不會反感。

只是有點難為情。

第一話　令人小鹿亂撞的未必是戀愛。

好睏，可以的話真想永遠不要醒來。

睡覺的期間什麼都不用思考，肚子也不會餓。想睡歸想睡，我還是乖乖上午就出門上課了。

平常我都會邊聽課邊打瞌睡，唯有今天不同。與其說今天，不如說這陣子一直都是如此。

越接近午餐時間，從早上持續至今的睡意便逐漸消散。雖說如此，這並不代表我聽課聽得很認真。在內心抱怨想睡的時候，或許反而更能專注。

全是因為午餐時間的關係。

每當想到要跟心露小姐見面，她當時傳來的那句話和表情就會重現腦海。

LINE的通知聲傳入耳中。

不過不是現在傳來的，而是當時的回憶聲。

回憶聲是什麼鬼。
每天都這麼緊張的話，之後很可能完全聽不進上課內容，考試考不好慘遭死當。
必須儘快採取應對措施。
雖然理智上明白，方法卻不得而知。
不，其實我知道如何迅速又確實地確認那句話的真意。
很簡單。
直接詢問本人即可。
這樣就統統解決了。
我走向食堂，速度卻慢得跟烏龜一樣。
其他學生一個個追過我，但我並不打算加快腳步。
因為走太快的話，一下子就到食堂了。
這樣跟心露小姐相處，緊張兮兮的時間會增加。
直接詢問本人即可。收到那句話的當天，我一回家就得出這個結論。
可是那之後過了一個星期，儘管我和心露小姐有四天一起共進午餐的機會，我卻仍未開口詢問。

因為很難為情嘛……

「妳之前說的那句話，該不會是喜歡我的意思吧？」這樣問有夠噁，而且如果換成問：「妳是指要以朋友的身分讓我忘記前女友嗎？」萬一她覺得：「這還用說，用不著特地確認吧？」我的臉就丟大了。

那我該怎麼問……我在思考的期間抵達食堂。

我往裡面窺探，食堂裡擠滿學生，只有一塊區域莫名空曠。

我的視線自然而然飄向散發強烈異樣感的那個區域，與坐在中央的天使四目相交。

看到我，她的臉頰泛起淡粉色，輕輕朝我揮手。

剛開始她明明連手都不敢揮，只會舉手而已……真可愛。

我去找心露小姐之前，先買了蛋包飯。

「午安，心露小姐。」

「午安，阿祥先生。」

講完慣例的招呼語，我坐到她的正面。

食堂挺熱鬧的，坐在對面會隔著一張桌子，經常聽不清楚對方說話。而且心露小姐說話很小聲，所以我比較常坐在她旁邊。

不過，在那之後我總會刻意選擇她對面的位子。

坐對面聊天比較不方便，講話的頻率會降低。

以前我們吃完飯經常會留下來聊天，現在則連飯後的閒聊時間都講不到幾句話。

看來我非常在意她當時的發言。

相較之下，心露小姐在那之後並沒有太大的變化。鬼鬼祟祟的行為和視線都跟平常一樣。

由此可見，那句話果然是「我會（以朋友的身分）讓你忘記她」的意思嗎？

那我或許可以不用特地確認那句話的真意。

問了搞不好會被說：「我沒有什麼特別的意思呀？你好噁心……」

雖然心露小姐應該絕對不會講那種話。

她大概會笑。不是嘲笑，而是純粹的笑。也可以說微笑。

換成光八成會笑我。

在我苦惱時，先吃完的心露小姐優雅地擦拭嘴角，接著看著我的眼睛。

咦？怎麼了？為什麼要看我？我臉上有什麼東西嗎？拜託有。不然這陣沉默及視線代表她有話想說。

「阿祥先生，你討厭我了嗎？」

她的眼神看起來有點悲傷，卻在拚命壓抑這份心情，顫抖著的雙唇說出我意想不到的疑問。

「咦啊？」

我萬萬想不到她會這麼問，發出奇怪的聲音。

「咦啊」是什麼啦。

我發現自己張大著嘴，於是急忙閉上嘴巴。

蛋包飯的味道順勢灌進喉嚨。

「因為最近我覺得我們之間有點距離……那個，你都不坐我旁邊了……」

噢，原來如此。

她會這麼想也是無可奈何。事實上，我們的確比以前更有距離。

理由則跟心露小姐所想的截然不同。

我不是因為討厭她而跟她拉開距離，只是因為害羞才逃避。

可是這麼做在心露小姐看來，說不定會覺得自己被討厭了。不如說，她應該已經這麼覺得了吧。

我只想到自己，沒有考慮到心露小姐的心情。我真是個爛人，不小心傷到她了。

「對不起，妳誤會了。我的確在躲著妳，可是不是因為討厭妳之類的才這麼做。我只是……會害羞。」

光聽見害羞，心露小姐就猜到原因在於那句宣言吧，她低下頭。

「對你講了那種話，真的很抱歉……」

「不、不會啦，別道歉……！我粉高興。」

糟糕糟糕，心臟跳得好快。心露小姐都沒吃螺絲了，我講話卻變成心露語。

「我這種人竟然說要讓你忘記前女友，太自以為是了對吧……」

「怎麼會，心露小姐很有魅力啊。」

我直截了當地說。

心露小姐太自卑了。

我想讓她知道她很厲害、很有魅力，可以再有自信一點。

「哪、哪有……！好害啾喔……！」

我想起自己正經八百說出的臺詞，感到遲來的害臊。

我們兩個都紅著臉，隔了一會兒後，心露小姐開口說：

「如果你不想說也沒關係……在那之後，你去做了什麼呢？」

在那之後——這句話的意思，用不著多說我也知道。上星期——不對，已經是上上星期了吧。

最後一次跟光見面也是在那天。

我上午跟心露小姐有約。可是，就在我們接下來準備去吃晚餐時，緣司傳ＬＩＮＥ過來，然後——

我滿心愧疚。

當時我太急了，所以罪惡感沒有現在這麼強烈，一旦像這樣被當事人重新提起……

「那天真的很抱歉，丟下妳一個人。」

「不會，我沒關係。若你有煩惱，我想幫上你的忙。」

她人真好……

為什麼我能夠跟這麼好的人當好朋友呢？其他男性說不定會嫉妒，哪一天盯上我的性命。

「對方是……你的前女友對吧？」

聽到前女友一詞。

使我的心臟劇烈跳動。

畢竟心露小姐並不遲鈍，我早就覺得她八成會發現。

「我本來就是為了忘記那傢伙，才開始用交友軟體。分手後過了一年，我一直忘不了她，覺得很難受。」

「……」

心露小姐只是默默看著我，聽我說話。我時不時看著那道直率的眼神，老實說很想逃避。

因為我活到現在，鮮少對人訴說自己的真心話。

我不擅長表露真心。

覺得很難為情。或許我其實跟心露小姐一樣內向。

不過，光是能讓我用本性相處的人。

緣司也一樣，對我而言是難得長時間待在一起也不會不自在的對象。

然後心露小姐也是。

我跟心露小姐相處時，態度跟平常的我不一樣。

比較圓滑、溫柔，或者說溫厚。

因為心露小姐給我這種感覺，我也想用同樣的態度對待她。

如果是平常跟光和緣司相處時的態度，我講話有點粗俗，可能會嚇到心露小姐。

雖說如此，跟心露小姐在一起時很自在，不用顧慮太多。

這也是我的本性。

「可是我現在認為用不著逼自己忘記她。我們確實分手了，不過理由只是一點小事，關係並沒有鬧翻。」

「所以，你想跟前女友復合嘍？」

「還不知道。我努力忘記她的時候真的很痛苦，但是現在每天都過得很開心。理由不只是她，還有很多開心的事。例如跟朋友在一起的時候，跟妳在一起的時候。我如今覺得自己好像不會特別想跟她復合……純粹是不想絕交，還想維持關係罷了。我想著，如果能搞清楚自己的想法就好了。」

真不符合我的作風。

我從未對別人說過這麼多真心話，覺得自己好像會講個不停，刻意閉上嘴巴。

「……所以現在你不知道自己對前女友是怎麼想的，至少不想分開，需要時間想清楚的意思？」

「應該是妳說的那樣沒錯。但我沒跟她聊過，只是自己有這個想法……」

「煩惱的時候，你會不會覺得心裡悶悶的？」

會。

下次見到光的時候，該露出什麼樣的表情呢？該用何種態度應對呢？

跟之前應該沒有差別，可是心裡還是會悶悶的。

雖然心露小姐也占了一部分原因……

「會啊……嗯。」

「對我來說，阿祥先生是第一個朋、朋友，那個……素重要的人……」

唉呀……？心露小姐的模樣似乎不太對勁……？不久前還跟我正常地說話，現在卻突然臉紅。

還把「是」講成「素」。

「謝謝妳……」

「如果你遇到煩惱，覺得困惑、覺得痛苦，我想幫助你。也許我能幫上的忙並不多，即使如此，我希望你能常保笑容。」

她直盯著我，害我不太好意思。不過，心露小姐都講這麼明白了，我竟然還逃避面對，未免太不誠懇了。

要問個清楚。

心露小姐好像還有話想說，所以先等她說完吧。

不能看著智慧型手機問。也不能因為不好意思看著她的眼睛，就盯著桌子看。

要直視她的眼睛。

「我會以朋友的身分，讓你能夠帶著笑容。還是說，我沒有那個資格呢……？」

她歪過頭，兩眼水汪汪的。

這舉動……好可愛。

「怎麼會沒資格。心露小姐是少數我能敞開心房的對象。」

「那就別再躲我嘍？」

「唔！對不起……」

話說那句宣言果然是以朋友的身分嗎？

竟然想那麼多，我還真難堪。

「那、那麼，開始執行讓阿祥先生帶上笑容的大作戰！」

「大作戰……？」

心露小姐滿臉通紅地說。
而且不停偷看智慧型手機。
本以為她事先寫好臺詞，好讓自己講話不會卡住，看來並非如此。
她將智慧型手機朝向我。
「現在好像在辦活動……！」
「活動……？」
螢幕上顯示著Connect的活動資訊。
心露小姐的手抖得太厲害，導致我看不清楚。
畫面上半部看起來是主題樂園的照片，下面則寫著大大的宣傳標語：約會景點折扣活動！
這行字我還看得懂，後面的字就太小了，螢幕晃成這樣難以閱讀。
「啊，對對、對不起！我的手不知道為什麼在發抖，看不清楚對不對！對不幾，我唸出來給你聽！」
「在那之前先做個深呼吸吧。」
與心露小姐持續到今天早上的尷尬氣氛就像騙人一般，消失得無影無蹤。

如今已經恢復成平常的相處模式。
心露小姐手忙腳亂，我負責安撫她。
沒錯。這樣的互動讓人覺得十分舒適。
「來，深呼吸。吸氣——」
「好的……!嘶……」
「吸氣——……吸氣——」
她轉頭望向我，臉上寫著：「咦，還要吸氣嗎！」
「嘶……嘶……」
「已經吸到這種程度了，最後再……」
我這麼說完，心露小姐便停止吸氣，屏住呼吸以吐出累積到極限的氧氣。
「吸氣！」
「嘶！哇噗——！」
「哈哈哈哈哈，吸了很多氣呢。」
「阿祥先生，你真是的！……呵呵，哈哈哈！」
沒錯，就是這種感覺。

像這樣跟心露小姐互相歡笑很好。

因為我們只是一般朋友。

我覺得必須這樣告訴自己。

「所以說，在Connect上配對到的人一起去這個約會景點，費用就會變便宜嗎？」

「是的！只要讓工作人員看一下智慧型手機螢幕作為證明就好，折扣也給得很大方。我想讓你開心，方便的話可以一起去嗎……」

以讓我開心為前提的邀約，不太符合心露小姐的個性。

不曉得她是很有自信，還是想給自己壓力，提高士氣。

經她這麼一說，我也用自己的智慧型手機打開Connect查看，折扣豈止是大方。

有些場所甚至不用錢。

約會景點的營運方會從Connect那邊收到錢，Connect則想藉此打廣告，增加會員數——策劃人員應該是這樣計畫的。因為確實有需求性，想到這個主意的人真厲害。

「走吧。這個活動真厲害，ＵＳＧ也包含在內耶。」

「對呀！不過你不排斥的話，我有個地方想去……」

「妳想去哪裡？」

「這裡……你會不會不想去？男生好像不太喜歡這種地方。」

「是這樣嗎？我還挺喜歡的。」

「真的嗎！那我想一起去！」

心露小姐雙手於臉前合掌，露出燦爛的笑容。原來妳那麼想去啊？

不對，以她的個性，比起想去這個地方，「它是少女漫畫中常出現的約會景點，所以我很嚮往」的可能性搞不好更高。

於是，我們約好這週六中午在當地集合。

第二話　動物心理測驗挺準的。

我搭乘電車，從ＪＲ三宮站來到旁邊一站的ＪＲ灘站。

從灘站走路五分鐘可到的那個地方，入口大門擠滿各式各樣的人，有情侶、家庭，還有推測是出來遠足的小學生團體。

這裡是當地人都來過的王子動物園。

大多是小學遠足時來過。

神戶的小學應該幾乎都是如此。

我從來沒遇過沒來過這裡的當地人。

不過我最後一次來是小一的時候，不太記得裡面長什麼樣子。

唯一記得的，頂多只有入園後左手邊有很多紅鶴。

心露小姐似乎也在神戶長大，卻從未來過王子動物園的樣子。

搞不好是感冒請假了。感冒去不了的可能性，比小學沒選這個地方當遠足地點的可能性還高。

這座動物園對神戶市民而言就是這樣的聖地，或者說是聖殿，總之就是那種感覺的地方。

進入春天後，氣溫回暖了不少。

我今天穿著有點寬鬆的樸素白T恤，左胸附近印著一隻眼神凶惡的酷黑貓。忘記是在哪裡買的。

然後下半身搭配經典的黑色西裝褲。

黑白組合最安全，白色又能營造出乾淨的感覺，至於黑色則沒人會討厭吧。這樣穿顯瘦，更重要的是可以不用煩惱要穿什麼，相當方便。

「讓你久等了……！」

我靠在入口大門前的護欄上，呆呆地看著小學生——這樣講聽起來很像怪人，但我只是因為他們碰巧在眼前才會看著……就在這時，背後傳來呼喚我的聲音。

「午安。還有五分鐘，來得及啦。」

「午安……！可是我讓你等了……明明是我主動約你還讓你等，對不幾……！」

心露小姐應該是看到我的背影才會跑著過來。她氣喘吁吁地鞠躬道歉。

她穿著灰色的長袖連身裙，非常適合她。

腰部的位置用皮帶繫住，凸顯出纖細腰部的形狀。

從黑色樂福鞋探出頭的蕾絲襪子也相當適合她的氣質，很可愛。

「不會，其實我也才剛到。好了，妳先喘口氣吧。」

「好滴……！」

心露小姐每次聽見我剛到，都會開心得笑出來。

這是經典的約會臺詞，所以心露小姐很喜歡的樣子，不過她每次都做出這種反應，我會不好意思。

話雖如此，回人家：「好慢，妳晚到了三分十秒。」這麼做也很噁心。實際上我體感只等了三分鐘左右，不是什麼大不了的事。

心露小姐調整呼吸的期間，我在附近的自動販賣機買水。

「給妳。」

「謝、謝謝。」

心露小姐喝完水後好像冷靜下來了，我們便一起排隊買門票。

這種時候是不是該由我這個男生出錢呢……？Connect的活動可以打五折，就算買兩

張也只要花一人份的錢。心露小姐似乎沒在打工，所以就由我出錢吧。
我和她分別拿出智慧型手機給售票人員看，證明我們在Connect上確實配對成功。
接著付完錢之後，我們拿著門票在入口大門排隊。有一團小學生在，看樣子得花上一些時間。
「那個，阿祥先生，給你。」
「咦？」
心露小姐在我手中塞了什麼。態度有點強硬，不太像她會做的事，或許是覺得我不會收下。
手中是我剛才付掉，她那份的門票錢。
「我們之間是對等的對吧？你那樣說的時候，我很高興喔？」
「啊——我不介意啦，反正半價。」
「不行。我想跟你維持對等的關係。」
「知道了。那我就收下嘍。不過結帳時妳什麼都沒說，所以我以為我出就好。」
買門票的時候，心露小姐也在我旁邊。
我在她拿出錢包付錢前，付掉了兩人份的門票費，心露小姐就把錢包收起來了。而且那個時候她還跟我道謝……

「結帳時替男方做面子，之後再確實把錢還給對方，才是能幹女性的作風。」

她一臉得意地說明不知道從哪裡學來的小知識。

可是男人的確是愛慕虛榮的生物，這個做法挺有能幹女性的味道。

話說回來，想被當成能幹女性看待，得意洋洋的心露小姐真可愛。好想摸摸她。

「妳從哪裡查到那個說法的？」

「在社群網站上碰巧看到……」

「網路上的言論未必統統正確，最好不要盡信。雖然結帳時替男方做面子，真的有能幹女性的感覺。」

「咦？那麼第一次約會時穿暴露的衣服，男生會高興呢……？」

是事實。

我總不能這樣說。心露小姐在奇怪的地方很天然，她真的會相信。

「那個……就是……啊——……勸妳別那麼做？」

我真偉大。

穿暴露服裝的心露小姐在腦內消散，不過沒關係。

沒關係……這樣就好。

我們在入口大門排了數分鐘，好不容易才入園，結果跟我記憶中一樣，左手邊有紅鶴可以看。不是一兩隻，而是數十隻。

整面都是粉紅色。

叫聲是「咕咕咕——」或「噗噗噗——」這種用人類語言無法描述的聲音。正前方還有孔雀，養了各種鳥類。

「你知道嗎，企鵝也是鳥類喔。」

心露小姐再度一臉得意地展現知識。

可惜我知道。

「企鵝的漢字寫成『人鳥』喔。」

「唔！這個我不知道……」

「我贏了。」

我這麼說完，心露小姐便發出呻吟：「嗚嗚……」在智慧型手機上看著什麼東西。

我不小心瞄到一些，似乎是筆記的樣子。

「我為今天查了許多資料，可是對動物園新手而言，全是不知道的事……」

頭一次聽見動物園新手這個詞。

「我很喜歡心理測驗或性格診斷測驗，阿祥先生聽過動物系心理測驗嗎？」

「什麼樣的？」

「呃……像犬系男、貓系女之類的，與其說是心理測驗，更接近性格傾向？」

「啊～有很多種動物呢。企鵝也有。」

「對呀！」

她站在紅鶴前面，喜孜孜地將動物性格診斷的畫面展示給我看。

「等等要不要一起玩？我昨天查資料的時候找到的，很好奇你的結果……」

心露小姐看起來真的很期待，昨天凌晨兩點還傳ＬＩＮＥ跟我說：「我太期待明天了，睡不著！我會努力不要遲到，晚安。」

我起床後才看到這則訊息，不曉得那之後她有沒有順利睡著。

「那麼吃完午餐來玩吧。也可以順便休息。」

「好的！」

心露小姐以響亮的聲音回應，雀躍地對紅鶴拍照。

光是紅鶴我好像就聽見二十次快門聲，這樣手機會沒電吧……？

通過鳥類區後，平緩的上坡路前方有道圓形柵欄，裡面養著大貓熊。大貓熊果然很受歡迎，旁邊圍著一堆不分男女老少的遊客。尤其是小學生，他們應該是來遠足的。

「看不見大貓熊……」

我雖然看得見，以心露小姐的身高來說卻看不見的樣子。她踮著腳尖伸長脖子，賣力奮戰。

「心露小姐，比起在男生後面踮著腳尖，我們移動到那群小學生後面吧。這樣就看得到了吧？」

「啊！說得也是呢。不愧是阿祥先生。」

這種事其他人應該也想得通，不過受到稱讚挺令人高興的，我在內心挺起胸膛。

「那隻大貓熊是不是有點像你啊？」

心露小姐這麼說著，指向手拿竹子仰躺在角落的大貓熊。

不知為何，牠抬著右腳在發呆。

「呃……哪裡像了？」

「嗯～哪裡像呢？氣息？氣質？」

「這兩個不是差不多嗎？」

「看起來很想睡的部分！眼睛吧～？總覺得好可愛。」

我看起來那麼想睡嗎？

不過緣司和光也常這麼說，或許真是如此。

「對了，要不要來猜等等做的心理測驗會測出什麼？」

「好啊，那我來猜妳的。」

「我來猜阿祥先生的！」

心露小姐今天比平常還要亢奮。

而且她笑的時候比害羞的時候更多，證明她習慣與我相處了吧。

若能按照這個步調改掉怕生的毛病，我是否再也不會跟心露小姐有接觸了呢？

應該會吧。畢竟我們之所以一起吃午餐，原本就是為了幫助她改善怕生的個性。

看著她開心的笑容，總覺得這樣有點悲傷。

看完大貓熊，我們去看了無尾熊。

看到懶洋洋的無尾熊，心露小姐又開心地說跟我很像。她是覺得懶洋洋的動物全部

像我嗎？

在跟動物不熟的我眼中，大貓熊和無尾熊差不多，說不定牠們的親緣關係很近。

看到懶洋洋的小熊貓時，她也說過像我，應該不會錯。

我們看了松鼠、水獺，下樓後是名為互動廣場的區域，似乎可以在限制時間內跟動物玩。

不過，就算不是限制時間也只有矮柵欄，因此可以在相當近的距離下普通地和動物們互動的樣子。

「互動廣場！是能跟動物們玩的地方喲，我之前調查的時候就很好奇！」

附近大多是小學生，排隊跟兔子玩的心露小姐卻完美地融入其中。

我則和推測是小學老師的人站在一起守望心露小姐。

雖然她性格內向，混在小學生裡面跟動物互動的膽量倒還是有。心露小姐從容不迫地撫摸兔子。

「兔子就不太像你了。」

「那個，妳來動物園的目的不是要找像我的動物吧？」

「因為是比賽嘛。我要猜中你像哪一種動物。」

原來是比賽啊。

我都不知道。不如說妳根本沒有講吧？

「輸的人要聽從對方一個命令，怎麼樣？」

「好啊。我接受了。」

就算猜中，我也想不到要對心露小姐提出什麼命令，不過這也是動物園約會的樂趣之一吧。

儘管這個玩法非常特殊，我並不介意。

比起這個，心露小姐開心就好。

我們離開互動廣場，去看了大象。

即使看到大象，心露小姐也沒有說像我，我便問她：「大象跟我不像嗎？」她一本正經地回答：「體型差很多耶？」連體型都包含在考量因素內嗎？

熊、樹懶、北極熊、海獅、鱷魚、猞猁、馬賽長頸鹿、斑馬、美洲豹，我們看了各式各樣的動物，決定在下午兩點享用遲來的午餐。

園裡有餐廳和餐車。帶便當的人也很多，所以還有很多桌子及椅子供自帶外食的遊客使用。

「妳現在想吃什麼？」

「那個……如果你不嫌棄……」

心露小姐先說了這句話，接著向我遞出掛在左手臂上的竹籃。

「我做了便當……你願意吃嗎？」

她的臉好紅。

跟我們初次見面，坐在鄰座配對到的那個時候一樣紅。

這麼說來，決定要吃午餐後，心露小姐在走到這裡的期間一直緊張兮兮的。

是今天不太常看到，害羞模式的心露小姐。她想說很久了，卻開不了口嗎？

「可以嗎？我好高興。」

「真、真滴嗎！太太、太好了……我還怕我太有幹勁，反而嚇到你……」

「哈哈！怎麼會呢。如果便當裡放了食用昆蟲，那還真的會嚇到我。」

「啊！你不喜歡吃蟲嗎……？」

「咦！真的有蟲嗎？」

「騙你的！呵呵！」

「什麼嘛……」

心露小姐也跟之前比起來，變得親人許多。

剛認識的時候，我明明想不到她會開這種玩笑。

跟我相處的時候，已經完全看不出她怕生，但她面對其他人還是會緊張吧。

否則我們變成這種關係的目的就達成了。

說起來，心露小姐提過她使用Connect的契機，是想改掉怕生的毛病，不知道她有沒有跟其他人見面。

沒和我見面的假日，心露小姐都在做什麼，我一無所知。

跟剛開始比起來，我想更了解心露小姐的頻率大幅增加，說不定全是因為那一天的那句宣言。

就算不論這一點，她也是個好女孩，又可愛，我對她挺有興趣的，不過自從她作出那個宣言，我便不受控制地把她當成一名異性看待。

心露小姐明明是站在朋友的角度說的，我卻不小心理解成不同的意思，這樣不會居心不良嗎？

當成朋友對待的人對自己有好感，她應該會很困擾，這樣不太好。

再說這份心情也未必是好感。

我喜歡的人是誰呢？

「阿祥先生？你在想事情嗎？」

心露小姐看著我的臉，頭髮傳來迷人的香氣。

「咦，喔……沒有。我們開動吧。」

「……好的。不過，那個……我第一次為別人下廚，請你口下留情……」

她好像非常沒自信，先幫我打了預防針，不過用不著擔心。

因為我的味覺已經被光的便當搞壞了。

跟那東西起來，大部分的食物都很美味。

光那傢伙做菜的時候，有沒有看食譜啊？

我打開竹籃，裡面裝著外觀適合竹籃的食物中排行第一的三明治。

至少在我心中占第一啦。

「三明治嗎……！看起來好好吃……！」

「因為我家有可愛的野餐籃。說到野餐籃，我想就是三明治……我姑且試過毒了，不會出人命……！」

死因是三明治也太好笑了。

不過這份三明治的外觀看起來完全不用擔心，除了煎蛋捲、番茄、生菜、小黃瓜等七彩的餡料外，還有鮪魚三明治、培根生菜番茄三明治，種類五花八門。

「這個煎蛋捲三明治，請你加鹽吃吃看。」

「三明治加鹽巴？真稀奇，我家什麼都不會加。」

我先吃一口原味。

「好吃！」

「真的嗎……？太好了……我放心了。」

何必那麼擔心呢？既然已經試吃過，她應該很清楚這個煎蛋捲三明治有多美味。

我接著灑上心露小姐帶來的鹽巴。

「咦？怎麼會這樣，好好吃。煎蛋捲也是鹹的啊。」

「是的，你會不會不喜歡？煎蛋捲有甜有鹹，每個家庭的口味都不一樣，所以我有點不安。」

「放心，我家的煎蛋捲也是鹹的。」

「那就好……」

鮪魚三明治和培根生菜番茄三明治也相當美味。女生做的料理就該是這樣。

高中時期，光也曾經做過三明治給我吃。裡面夾了番茄、生菜和炒蛋。炒蛋用美乃滋調味過，味道還算不錯。看來連廚藝極差的光，都改變不了蔬菜原本的味道和美乃滋的味道。我當時超級高興光每天早起為我做便當，總是吃得一乾二淨，味道則是其次。到頭來，不管味道如何，男生就是喜歡手作便當。

我們輕鬆吃完本來還擔心吃不完的大量三明治，坐下來看著目標客群年齡層偏低的園內遊樂園。

除了旋轉木馬和摩天輪，還有大貓熊列車這個小型雲霄飛車，能夠聽見孩子們的尖叫聲。

老實說長大後玩這個根本不會尖叫，但我看著看著就想起來了。小學的時候，我曾經坐過那個大貓熊列車，嚇得不敢張開眼睛。它的速度其實不容小覷。

「阿祥先生，該來分出勝負了吧？」

心露小姐將智慧型手機對著我。

螢幕上寫著「動物性格診斷測驗」，搭配許多可愛的動物插圖。

「好啊，來吧。」

回答幾個問題後，好像會從總共八種的動物中，測驗出個性最接近的動物。

有貓、狗、兔子、企鵝、烏龜、熊、大象，以及鼴鼠……鼴鼠？

貓、狗和兔子大致上可以理解。

我記得企鵝是不會飛的鳥，懂得冷靜判斷自己的能力範圍，明白自己擅長游泳，試圖強化這個優勢而進化的生物。

所以知道自己的長處，能夠冷靜下達判斷的人，應該很容易做出那個結果。

烏龜大概是悠閒的人。

熊給我的印象跟烏龜差不多。大象是體型魁梧的人……不過既然是性格測驗，應該沒有關聯。

雖說如此，鼴鼠又是什麼呢？

回答了幾個問題，我的測驗結果出來了。

我不讓心露小姐看到一般望向正面，發現她在竊笑。

「妳在笑什麼……」

「我滿有自信的。」

是有自信猜中我的結果，還是她做出我絕對猜不中的結果，確信自己會獲勝呢？

可惜，我已經在這八種動物中，找到最像心露小姐的動物了。

我用的是刪去法。

她不像貓。

狗的話我身邊有緣司這個範例，跟他比起來，心露小姐不太像狗。

說到兔子，容易聯想到怕寂寞的女生。這個同樣不像心露小姐，應該不是兔子。

烏龜和熊的悠閒感確實可以跟她聯想在一起，但感覺不是完全符合，因此排除。

大象龐大的體型不適合心露小姐。雖然這個測驗看的是個性，體型不能納入考量。

再說，大象又是什麼樣的個性呢？

然後鼴鼠超莫名其妙，所以排除。

剩下就是企鵝！

我挺喜歡企鵝的，自認還算了解。如我剛才所說，企鵝是能明確掌握自身的缺點，接納它並且試圖向前邁進的動物。

我記得企鵝系女生的特點是意志堅定，然後擅長傾聽。

嗯，目前看來根本就是心露小姐。

還有不管怎麼說，企鵝其實有大膽的一面。這不就是心露小姐嗎？

「那我先猜……心露小姐是……企鵝系女生對吧！」

「……」

她低下頭，果真如此吧。我的推測沒錯，她應該悔恨得說不出話。

「……很遺憾。」

出乎我的意料，確信自己贏了的心露小姐說。

「咦？」

心露小姐的笑容讓人產生她臉上寫著「活該」兩字的錯覺，對我展示智慧型手機的畫面。

「鼴鼠系……女生。」

測驗結果大大顯示在螢幕上，下面寫著幾項鼴鼠系女生的特徵，不論哪一項都符合她的個性。

「不擅長在太陽底下活動的內向性格，容易害羞，比起當面交談，更喜歡用文字與人交流……」

好準……

「所以阿祥先生猜錯了呢。我猜中的話，就是我贏了。」

除此之外還有清純、激起他人的保護欲、皮膚白、妝容和穿著打扮都偏樸素等，連外貌特徵都跟心露小姐完全一致。

太不懂鼴鼠的我澈底輸了。話說實際的鼴鼠又不白，不會化妝也不會穿衣服吧？

可是，還有可能平手。

假如心露小姐猜錯了，雖說贏不了，至少是平手。

「我猜阿祥先生是……貓系男！」

「……」

我將自己的智慧型手機朝向她。

「公主，有什麼需要請儘管吩咐。」

「我贏了……！」

心露小姐的雙手在胸前輕輕握拳。

她為什麼會知道？

瞧她那麼有自信，應該有什麼根據才對。

「妳怎麼知道？」

「咦？你沒有自覺嗎……？你看起來明顯像貓耶……？跟你認識沒多久的我都看得出來……」

「這、這麼明顯嗎……？是無所謂啦，反正我喜歡貓……」

我看了一下將特徵條列出來的測驗結果。

自我中心、室內派、喜歡獨處、情緒起伏不大、沉默寡言、會跟願意敞開心扉的人撒嬌等。

確實挺準的……嗎？

偶爾有人會說我像貓，所以我多少有自覺。

雖說如此，我以為心露小姐這樣認識我才沒幾天的人，肯定不會發現。

「那麼，請你答應我一件事。」

「好的，請說。除了會有生命危險的行為，我什麼都……不對，還是請您儘量手下留情……」

「我、我不會提出那麼強人所難的命令啦！」

我知道。

心露小姐是謙虛、優雅又貼心的人。她大概不會提出讓我為難的命令。

「現在是春天……對吧？」

「是……」

「我沒和家人及親戚以外的人一起賞花過……希望你能陪我去賞花……！」

「咦？就這樣嗎？」

「不行嗎……？」

勝者可以提出的不是請求，而是命令，所以說實話，我以為她會做得更過分。

「呃，用不著命令，我也可以陪妳去啊？再說我覺得不錯，感覺會玩得很開心。

啊！但是我也沒有賞花的經驗……賞花通常會做什麼啊？」

「我之前賞花的時候是邊賞櫻邊野餐。大家一起吃飯，大人還會喝酒。當時我還是小學生……這麼做大概是主流……」

可是這是兩個人一起做的事嗎？

我老家附近的河岸每年都有人會賞花，每個團體都是一群人，而非兩個人。至少也有三個。

「那個，其實這才是我真正的要求……」

「……嗯？」

心露小姐抱緊裝三明治的籃子扭扭捏捏。

非常難以啟齒的樣子。

「那個，這是命令，不如說妳的要求我都會努力為妳實現……妳儘管開口。只是說說也沒關係，好嗎？」

「如果真的會給你造成困擾，請你拒絕我……方便的話，我還想邀請你的朋友，大家一起賞花……可以……嗎……？」

啊──原來如此。確實會難以啟齒。

假如我約了朋友，身為唯一一個兩邊都認識的人，就得留意要顧到雙方。

這樣我會很累，心露小姐大概是考慮到這一點，才會猶豫該不該開口。

「我最近跟你講話的時候不太會吃螺絲了。雖然還是會緊張……」

「原來妳會緊張啊？我完全感覺不出來。」

「真的嗎！我好高興……！不過，在其他人面前我還沒辦法好好說話……所以我想請你讓我練習。你的朋友應該都是好人，我比較能放心……」

「我朋友也不多，希望妳不要期待，但我會問問看。我想到了一個八成會舉雙手贊成的人。」

「對不幾，提出這麼任性的要求……」

「咦？妳怎麼跟我講話還是吃螺絲了呢？」

「啊、啊嗚嗚……」

心露小姐大概跟鼴鼠一樣想要鑽進洞裡，雙手抱頭蹲在地上。可見她有多緊張。

可是，心露小姐努力試圖克服自己的弱點。

我答應她要幫她改掉怕生的毛病，所以我想幫上她的忙，沒打算半途而廢。

即使我的朋友少到只想得到緣司能約，我會盡己所能。

幸好緣司說他曾經跟心露小姐搭話過一次，想和她交朋友，所以他應該不會拒絕我的請求。

緣司又擅長交際，以克服怕生的第一步來說，是再適合不過的人才。

不過我才是心露小姐的第一個朋友，那傢伙算第二步吧。怎麼辦？萬一緣司變得比我和心露小姐更要好……

總覺得好嫉妒。

「那個，可以的話……」

「咦？」

「我還想要……女性朋友……真的對不幾，我這麼任性……！」

女性朋友啊……

我心裡有人選——雖然只有一個。

第三話　一群異性一起喝酒，那就叫做聯誼。

「就是這樣，你願意來嗎？」

裝潢以白黑灰三色為主的咖啡廳內，瀰漫著苦澀又有深度的咖啡香，以及法式吐司的香氣。

跟心露小姐去動物園約會的隔天，每個星期天是我固定跟緣司一起打工的日子。我們剛下班，現在坐在吧檯喝咖啡聊天。

話題當然是心露小姐昨天的要求——想要跟一群人去賞花。我正在邀請緣司。

「原來如此、原來如此。假如你們不嫌棄，我可以幫忙，畢竟我本來就想跟初音同學當朋友。大學裡的人大多都是我的朋友，但我還不認識初音同學。」

「大多都是朋友？你是何許人物啊？」

「不過啊，就算是我也當不了女生喔？初音同學不是還想要女性朋友嗎？你打算怎麼辦？」

緣司那麼敏銳，肯定看穿了我的想法。

明明看穿了，還要逼我親口說出來。我沒有女性朋友，頂多只有心露小姐。

可是，我有個比起朋友，更接近宿敵的——前女友。

「我會去問光。」

「哦~你竟然要主動約人，真難得耶。」

「託你的福，約她去賞花這點小事不成問題……唔唔，還是不太對吧？約前女友賞花等於表明我還忘不了她，希望她給我復合的機會吧……嗯，還是算了。」

「那初音同學的請求怎麼辦？」

「啊——！知道了啦！我會去約她！可惡，真該多研究一下鼴鼠系女生！」

「你在說什麼？」

事已至此，乾脆豁出去算了。

她怎麼想都無所謂。話說只要直說是為了心露小姐，也沒什麼好誤會的吧？因為我就只是想請她幫朋友的忙啊？小事一樁啦。這有什麼難的。

『光，我想去賞花，妳要來嗎？』

呃，這樣有種「我想跟妳一起去賞花」的感覺，不行不行。我刪除訊息。

『我朋友想去賞花，妳要不要也來？』

這樣像在找藉口。

要是她回覆我：『其實是你自己想賞花吧？（笑）』我可能會後悔得流下血淚，因此刪除。

「借我一下。」

「喂……！」

緣司從我手中搶走智慧型手機輸入訊息。

我伸手想搶回去，制服的圍裙卻勾到椅子，害我重摔在地。

「啊，好痛！」

「好，我代替優柔寡斷的你問了。」

「你這傢伙搞什麼鬼啦……！」

我立刻檢查緣司送出的訊息，陷入絕望。

總之，先勒住笑咪咪地站在旁邊，看似毫無惡意的緣司的脖子吧。

「好痛好痛……！會、會死……！」

我懷著九成的殺意付諸實行。

『小光，哈囉～（笑臉）緣司和我朋友說要去賞花（櫻花），妳有空的話要不要來？大家一起吃飯喝酒（啤酒杯）（啤酒杯）一定很快樂，希望妳也來參加～（拋媚眼）（拋媚眼）』

光看文字就夠噁心了，更噁心的是大量多彩多姿的表情符號。

「緣司，看看你幹了什麼好事！我講話不會這樣吧！」

「說是我問的不就行了嗎！」

「這樣超像在找藉口的吧！」

「喂，你們兩個，店裡還有客人，講話小聲一點！」

「「對不起。」」

還不都是因為緣司多管閒事？光對我的LINE已讀不回，八成覺得我很可怕。

這件事發生後，我一直抱頭呻吟，在購物網上找了稻草人詛咒緣司才上床睡覺。

啊啊，真是糟透了。

她應該會罵我噁心吧……我如此心想時，光傳來回應。

『要去。』

看到只有兩個字的訊息，我微微揚起嘴角。

我在高興什麼啦。

這純粹是為了心露小姐。沒錯，不是為了我。光來不來我都無所謂。

『還有，你有什麼毛病？這麼噁心的訊息，我差點把你封鎖了。』

『出Bug了吧。』

『那是哪門子的Bug啊？』

『緣司擅自傳的。』

這樣講聽起來像在硬拗，所以我很煩惱要不要講，但我真的不希望她以為那則訊息是我傳的。

『啊～很像他會做的事。』

光相信了。幸好坦承了。

再說，跟我交往超過三年的光，不可能不知道即使是鬧著玩，我也不可能會傳那樣的訊息。

原來緣司在光心中是那種形象啊？

『你說的朋友是我不認識的人嗎？』

我曾經跟她聊過心露小姐嗎？

應該聊過我在Connect上跟同校的人配對到。

嗯，有。

可是就只有聊過這個。

必須跟她說明心露小姐怕生，想要改掉這個毛病。

『那個女生叫初音心，非常怕生。她好像沒有女性朋友，妳跟誰都能當朋友，所以我想請妳幫忙。』

從高中時期開始，光身邊就一直圍繞著人。

她跟誰都能相處融洽，受到眾人喜愛。拜她所賜，我冷淡的態度也多少有點改善——希望有。

因此，倘若心露小姐跟我一樣受到光的影響，說不定會變得沒那麼怕生。

『咦，是女生？』

『對啊。』

『你有女性朋友？』

我還沒回覆『我有女性朋友不行喔』，光就緊接著丟來一句：

『啊，是你之前提過，在Connect上認識的人？』

『對。』

『這樣好嗎？你打算把我介紹給人家嗎？那個女生知道我是你的前女友，應該會不高興吧？』

為什麼心露小姐會不高興呢？

我懂了，光以為我和心露小姐是情侶吧。不是的。

那句宣言害我以為心露小姐肯定對我有意思，事後她卻說是以朋友的身分。是我太早下定論。所以，心露小姐大概不會因為我帶光這個前女友去而不開心。

『放心，我們只是普通朋友。』

『是喔——我知道了。詳細時間和地點確定後再跟我說。』

『ＯＫ。』

短短三分鐘的時間，我們聊了幾句，在我回答『ＯＫ』後，光就沒有再回應了。

還在一起時，我們就都是沒事不會特別找對方的類型。

跟她傳完ＬＩＮＥ，我發現自己臉上掛著淺笑。我在笑什麼啊。

這段對話應該沒什麼特別。

只是用來約人，連表情符號都沒有的簡單互動。

這種反應簡直就像我還喜歡光。

其實我自己也不知道我是怎麼想的。

我關上智慧型手機閉上眼睛。

明天起又要去上學，得趕快休息。

腦中閃過這個想法三秒後，光傳來的LINE使我的眼球再次受到藍光照射。

『晚安。』

「……」

『晚安。』

賞花的事前準備完美無缺。

我是剩下三位參加者的共同朋友，所以用不著討論，自然由我擔任幹事。

由於緣司也有幫忙，就算是第一次賞花的我，應該也做得來。

我搜尋「賞花要做什麼」的時候，緣司從旁拋出一句：「你沒有朋友，所以從來沒賞過花呢～」在無自覺的情況下嘲諷我。

所以我回他：「既然你這麼行，統統給你籌備啊。」結果他真的什麼事都安排好了，我淪為空有幹事頭銜的聯絡人。

決定日期和地點的人也是緣司，他還告訴我可能會用到的東西，我真的只有把他說的話轉告光和心露小姐。這樣算有幫上心露小姐的忙嗎？

「小翔，你有帶野餐墊嗎？」

「嗯，我從老家帶來了。」

「謝謝。」

我們四個都沒有野餐墊，特地為了今天買一張又很浪費，畢竟以後又用不到，這時我想起最近爺爺和奶奶說過他們經常一起去野餐，便借來一用。

久違回老家一趟，跟媽媽說的一樣，爺爺在庭院用超大音量做收音機體操。他真的好有精神。

「還有女生會參加是嗎！爺爺把珍藏的墊子借給你！」

「普通的就行了啦。啊，不過希望有可以供四個人坐的。」

爺爺從巨大背包裡拿出裝在鼓起來的黑色塑膠袋中的野餐墊。

上面印著分不出是大貓熊、熊還是狗的動物圖案。雖然很俗，但也沒得挑了。

「這就是爺爺珍藏的墊子。只有它是四人用，你拿去吧。翔，玩得開心點啊。」

他豎起大拇指，露出一口以這個年紀來說相當整齊的白牙，對我拋媚眼。
我從小就特別喜歡爺爺，把爺爺當成朋友對待。
爺爺小氣到不行，從來沒給過我壓歲錢，我都升上高中了，他還會送我在河邊撿到的漂亮石頭或在公園撿到的橡實當生日禮物。明明跟他講過我已經不是會為那種東西高興的年紀了。
第一次帶光回家時，爺爺還哭了。
好像不是在為我逐漸離開爺爺而悲傷，而是在感謝光選擇了我，以及感受到我的成長喜極而泣的樣子。這些是奶奶跟我說的。
當事人表示：「我沒有哭！只是在切紅蘿蔔！」不過切紅蘿蔔又不會流眼淚，會流眼淚的是洋蔥。
偶爾回老家一趟也不錯。
我本來選了能從家裡通勤的大學，爺爺卻擅自租下我現在住的公寓，想讓我學習獨立，結果他大概是嫌寂寞，偶爾會用ＬＩＮＥ傳看起來是由英文翻譯而成的不通順訊息給我，希望他能學習放手。
「這裡就是小翔長大的城鎮啊～什麼都沒有耶。」

我在腦內回憶往昔，走在故鄉的道路上，緣司不帶惡意地調侃我。這傢伙有時候就是會這樣。

「閉嘴，地點是你選的吧？」

「因為要約小光和初音同學的話，這裡正好位於中間，河邊又是賞花景點嘛。」

「你剛才說這裡什麼都沒有，卻承認有賞花景點了對吧？給我道歉。」

「你好龜毛！小心惹人厭喔？」

「要你管。再說這裡是住宅區，走到大街上有更多地方可以逛。」

「比如說？」

「餐廳和KTV。光是這條路就有三家KTV，所以住在這附近一帶的人都很會唱歌喔。」

「你會唱歌？絕對是騙人的吧？你看起來就唱得很爛。」

「我是例外。」

「你承認自己唱得很爛啊？」

如此聊著聊著，我看見一個人匆匆忙忙地朝這邊跑來。

那個跑步方式傳達出不好意思讓人等的愧疚感，以及吸引周遭男性目光氣質的人，是心露小姐。

「久久、久等了……！」

她氣喘吁吁，淡粉色連身裙的裙襬於空中擺盪。

從髮型到服裝都完美符合男人的理想。

「不用那麼急，還有五分鐘。」

「小翔在為女生著想……！」

「這點小事我也會做好嗎！」

心露小姐臉上是最近不太常看到，跟第一次見到我時一樣的表情。感覺得出來她非常緊張。

儘管不想承認，緣司長得挺帥的。

身高是無可挑剔的一百八十公分，身材又好。服裝和髮型都時尚整潔，是個閃閃發光的男生。

心露小姐比跟我相處時更緊張很正常，但總覺得不太甘心。

「妳好，心露小姐。我叫一之瀨緣司。」

「尼尼、尼好……！我叫粗音心……！」

「我曾經在學校跟妳搭訕過一次，妳記得嗎？」

「記、記奪……！」

「那就好。今天請多指教喔。」

「素……！請多幾教……！」

她吃螺絲吃得好嚴重。

「剩光沒來了，反正她肯定會遲到，我們先鋪野餐墊坐著吧。」

「不愧是前男友，真了解前女友的習性呢～……啊，抱歉。」

緣司瞄了心露小姐一眼，意識到自己說錯話，不過這不成問題。

「沒關係，我說過了。」

「這樣啊……我太不小心了。」

我跟心露小姐聊過光。

她是我的前女友、重逢後我們不時會見個面——還有，我尚未斬斷對她的留戀。

「好了，就剩下慣性遲到的光了……」

「可以不要把我當成總是遲到的人嗎？」

我轉頭看向聲音來源，光意氣風發地站在那裡，身穿頗有春天氣息的衣服。

立領白襯衫搭配黑色皮革短褲和黑色皮靴，外面套著一件黑色西裝背心，走漂亮女子路線的感覺。

纖細雪白的大腿瞬間吸引了我的目光。光或許察覺那一瞬間的視線，她沒有出聲，對我投以蘊含殺意的視線就像在說：「看什麼看？」我用眼神回答：「我沒有看，只是剛好進入視線範圍內。」

「緣司，好久不見。」

「嗯，好久不見～」

跟緣司打了聲招呼後，光望向心露小姐。

「初次見面，我叫高宮光。我們同年對吧？叫我光就好。」

她露出最近我半次都沒看過的溫柔笑容。假如她能這樣對待我，該有多好啊。

「初次見面……！我、我叫初音心。謝謝大家今天特地為我跑座一趟……！」

「沒關係，我聽翔提過妳，對妳滿好奇的。我們好好相處吧。」

「好、好的！請多指教……！」

「哈哈哈，不用對我講敬語啦～」

光開朗地迅速跟她拉近距離，抱住心露小姐的右臂。

「嗯、嗯！」

心露小姐的緊張似乎也緩解了幾分。

看到她交到新朋友，我既高興又難過。宛如守望孫女成長的爺爺。

爺爺也是這種心情嗎？

「那麼來分成占位子組和採買組吧！用猜拳決定！」

心露小姐只認識我一個，可以的話，我想跟她一組。

我和心露小姐四目相交，閉上眼睛告訴她我會出石頭。

可是心露小姐看不懂我的暗示……

「那就由我和小翔去買東西，妳們兩個留在這邊嘍。東西應該很重，讓男生去買剛剛好呢。」

就這樣，我和緣司前往附近的超市購物。得早點回去才行，否則心露小姐不曉得會經歷多麼痛苦的心路歷程。我懷著聽起來像冷笑話的不安，留下她們與緣司一同離開。

＊

「可以直接叫妳心嗎？」

我自認是跟誰都能打好關係的類型，不過我並不想跟每個人都當朋友，純粹是因為擅長交際。

這樣自然不會想跟討厭的人打好關係，也不會主動找沒興趣的人聊天。

可是，我有自信。

翔拜託我跟他的朋友當朋友時，我覺得挺有趣的，翔又難得有女性朋友，挑起了我的好奇心。所以我才會答應，完全不會嫌麻煩。

聽說對方很怕生，但是比我想像中更嚴重。

然而，我明顯感覺得出來她想跟大家成為好朋友，想努力跟人交流。

她是個好女孩，又可愛……好想保護她。

「嗯，我也想叫妳光……可以……嗎？」

「當然可以。妳長得好像偶像喔，臉小到不行！第一眼看到妳的時候，我就被妳的可愛嚇到了～」

「哪裡，妳過獎了……」

「又瘦，身材又好，真令人羨慕。」

「妳才是，那個……胸部大，長得又漂亮……我很羨慕。啊，對不起！剛認識就評論妳的身材……」

我知道自己的胸部比一般人大。

大多數男性跟我講話時都會偷瞄胸部附近，不看我的眼睛，女性朋友也會說我的胸部能治癒人，伸手過來摸。

「這麼大很礙事耶？不但顯胖，跑步的時候還會痛，又有一堆衣服不能穿。妳的衣服好可愛喔。臉、衣服以及柔順的頭髮都跟偶像一樣，好高貴喔～讓妳當翔的朋友太可惜了。」

實際上，在我看過的女生中，她的可愛程度無人能及。

說不定比真正的偶像更可愛。

重點在於她的氣質。

靠理論無法說明，總之就是能刺激他人的保護欲。

我猛然回神，發現自己不知不覺被這個絕世美少女變成色老頭。

「我想拜託妳一件事，可以嗎？」

「當、當然可以。前提是我做得到……」

「讓我摸妳的頭。」

「咦……！」

沒等心回答，我的右手就探向她的頭頂。

啊啊，這孩子究竟怎麼回事？好喜歡。好可愛。

她很害羞的樣子，而且我請她讓我摸頭時，她明明不知所措、身體還瑟縮了一下，看我伸出手便歪過頭，調整成適合給我摸的角度。

現在她還瞇著眼，困惑又滿足地任我擺布。

世上男人一定會被心深深吸引。

實際上周圍的其他男性賞花客也都看向我們。你們就乾瞪眼吧，她現在屬於我。

跟這麼可愛的女生相處，翔不會喜歡上她嗎？

雖然翔跟我說他們只是朋友，不過是真的嗎？

搞不好他已經喜歡上人家，只是沒有明講。

可能性很高。畢竟我是他的前女友，比一般人更難以啟齒。

我反而覺得她這麼可愛，不愛上她才奇怪。雖說如此，翔沒什麼戀愛欲望的樣子，不是不可能。

這麼說來，不知道他喜歡上我的契機是什麼。現在問他八成不會講，再說我也不好意思問。

短短數星期前，我問過他喜歡我哪些地方，老實說光問這個問題就夠害羞了，沒想到翔連我自己都沒發現的小細節都看在眼裡，害我更難為情。

下樓梯時最後兩階會用跳的是怎樣……幹嘛觀察那麼仔細，噁心死了……笨蛋。

「那、那個……」

我一面撫摸心的頭，一面胡思亂想，她抬起視線看著我。好可愛。

不過，盡情摸過心的右手得到了治癒。總覺得摸過她的右手在發亮。

喔，發亮的不是我的右手。是和我靠得很近，占滿我絕大部分視線範圍的心。

「對不起，我不小心摸得渾然忘我！」

「沒、沒關係……」

翔說心是他的朋友。

儘管他真正的想法不得而知，心又是如何看待翔這位異性的呢？

身為前女友可能多少有點私心，不過翔雖然既笨拙又冷漠，其實還有溫柔跟愛照顧人的一面，是個好男人。所以心就算喜歡上他也不奇怪……我是這麼認為的。

其實跟翔分手後，我還沒喜歡過任何人。就算沒有對翔的留戀，應該也會如此。或許我不太容易喜歡上別人。

「妳和翔是在Connect上認識的吧？」

「嗯，我們配對到的時候，他碰巧坐在我旁邊……真的……好巧喔……」

心好像還不習慣不用敬語跟我說話。

聽說翔是她唯一的朋友，她跟翔似乎都互相用敬語說話了，當然不會習慣吧。

再怎麼說，跟家人講話都不會用敬語吧……不對，萬一她是上流家庭的千金小姐，說不定有可能。

用「母親大人」、「父親大人」稱呼爸媽……還會叫年邁的管家「爺爺」。

從她的氣質和言行舉止看來有可能。不如說我開始覺得有那個感覺了。

「翔之前說他還只有跟我們配對到，不覺得很神奇嗎？前女友跟鄰座同學耶。」

「真的好神奇……」

「我就直接問了，妳對翔有什麼感覺？」

這個話題害我忍不住問出口。

萬一她回答「我喜歡他」，我該如何是好？而且我本來並沒有打算要問這個。

還問得這麼直接……

我還沒有把翔當成單純的前男友看待。

他是與我交往三年以上的特別之人，和他重逢後，我更加搞不懂自己的心情。

自從跟他分手，我一直很痛苦。我不知道沒有翔在的時間居然這麼難受。

不過，時間肯定能讓我忘記他。或是靠新戀情蓋過對翔的留戀。我明明這樣想。

卻碰巧在為了忘記他而註冊的Connect上跟翔重逢。

如果我懷著這種複雜的心情，聽見心說她喜歡翔，我該怎麼辦呢？

要不惜壓抑自己的心情，表示會為她加油，陪她商量嗎……

還是與她為敵，和她爭奪翔呢？

要是演變成這個情況，輸的人想必是我。因為我怎麼可能贏得過這麼可愛的人。

那一天，我和翔互相為以往的過錯道歉。當時死都開不了口的話，終於在那一天說出來了。

因此在那之後，我想過好幾次我們是否有機會復合。

可是，如果心喜歡翔，我恐怕再也無法確認這不上不下的心意。

因為他們會在一起，我將永遠失去那個機會。

我提問後經過數秒。

心仍舊沒有回答我的疑問。她一語不發地低著頭……我才剛這麼想，她就抬起臉詢問我：

「什麼意思……？」

「就是妳對他這個異性是怎麼想的～？」

「……不知道耶。」

「啊，抱歉！問了奇怪的問題！對了，妳假日都在做什麼呢？」

我換了個問題，以加深情誼。

「看書、看電影……還常跟媽媽一起出門……」

「……這、這樣啊～！」

自己向人家提問，心的聲音卻遲了幾秒才傳送到大腦，可見我有多慌張。

我根本沒打算問她假日在做什麼，這個問題卻下意識脫口而出。

簡單地說，我選擇了逃避。

＊

「小翔，差不多該換人提嘍～」

「連一分鐘都不到。」

「你這沒良心的～」

緣司提著裝滿大量飲料和少量零食的袋子，在我的三步後方抱怨。

「猜拳輸了的人是你；因為東西很重，提議由猜拳輸的人提的人也是你吧？你還有什麼意見嗎？」

「……就是因為這樣，你才會沒朋友……」

「吵死了，我有朋友好嗎！再說我本來就喜歡獨處！」

「少嘴硬了啦～」

真想揍飛這傢伙。

我們事先問了光和心露小姐需要什麼，去附近的超市採買。實際上當然不只這些。

緣司往我推著的購物車中扔進一堆東西，我也買了可能會用到的物品。

不過我買的是一瓶兩公升的水、一瓶兩公升的茶飲、紙杯、免洗筷、紙盤，以及溼紙巾。

至於食物，心露小姐好像準備了四人份的便當，真是感激不盡。

我們打算四人一起配酒享用。

心露小姐說她沒喝過酒，如果她不敢喝酒就糟了，必須準備其他飲料，我便買了水跟茶。

緣司說酒就包在他身上，買了各種各樣，量看起來挺多的，不會不夠喝。

「話說是你要買這麼多的吧？」

「是沒錯～可是好重喔～」

「唉……」

緣司右手的袋子裝著水、茶，以及少許零食。左手的袋子則滿滿都是酒。

我站回走在三步後方的緣司右邊，搶走袋子。

「這袋是我買的，我幫你拿。」

「小翔……！」

「不過那袋是你自找的。絕對喝不了那麼多吧？你自己提。」

「小翔成長為一個這麼溫柔的孩子，我好高興……！」

「你是我媽嗎！」

都幫他拿一半了，話還那麼多。我無視他繼續前行，看見坐在野餐墊上的光和心露小姐。

「欸，緣司。」

「嗯，她們看起來聊得好開心……」

遠看都看得出來那兩個人意氣相投。

留怕生的心露小姐和素未謀面的光兩人獨處，我有點不安，將抱怨連連的緣司拋在後頭急忙趕回來，卻白操心一場，感覺既放心又有點空虛。

總覺得這樣就像孩子長大離巢了……就算對方不是我，心露小姐也能好好跟人交流呢……類似嫉妒的情緒油然而生。

「嗨嗨，久等了～小翔走到一半把東西統統塞給我提，好累喔～」

「翔，你真狠。」

「阿祥先生，你怎麼這麼過分……」

「誤會、誤會！緣司自己說猜拳輸的人要拿的！是真的！」

「瞧他這麼急著解釋～大家都知道啦。我只是想逗你。」

「哈哈哈，你超緊張的。」

「呵呵呵。」

「連心露小姐都這樣……」

他們三人沒商量過卻很有默契的樣子呢。

縱然不太爽，看來我這個三人的共通好友不用負責炒熱氣氛，真是太好了。

我們把袋子裡的東西拿出來，將要用到的東西傳給每個人，迎來期待已久的心露小姐便當時間。

「希望合大家口味……」

跟上次一樣，心露小姐先幫大家打預防針，瞥了已經打開的便當一眼。

這次似乎不是三明治。

或許是因為我上次吃過三明治，她不想讓我吃到同樣的菜色。

巨大的三層便當盒中的其中一層，放著外面包海苔的樸素圓筒狀飯糰。剩下兩層是看起來很下飯的配菜。

煎蛋捲、小香腸、炒牛蒡絲、培根蘆筍捲、炸雞塊、炸竹輪，以及青花菜。

看見這個便當，光會不會感覺到她們之間的廚藝差距，陷入絕望呢？我如此擔心地望向她，發現光已經左手拿著飯糰，右手夾著煎蛋捲。

「嗯～！心真～～～的是天才！給妳三顆星～！」

「沒等我們回來妳就開動了嗎！」

「誰教你們那麼慢。我吃一口就停不下來了，心的廚藝有夠好。」

「是沒錯啦……」

聽見這句話，光和緣司驚訝地看著我。

「「原來你吃過啊……」」

「啊……嗯，對啊，吃過一次。」

「「哦～」」

你們幹嘛異口同聲啊。

心露小姐紅著臉低下頭。

其實我不知道她的臉紅不紅，但她的耳朵紅成一片，臉八成也是紅的……為什麼？

「對了，還有酒！緣司買了各種酒，大家選喜歡的喝吧。」

「我要這個！黑醋栗口味的CHOROYOI～」
「我喝威士忌蘇打調酒。小翔要啤酒對吧？給你。」
「謝啦～心露小姐呢？我也買了水和茶，而且旁邊還有自動販賣機，妳不用勉強自己喝酒。」
「好的……可是我想喝喝看。」
「那我來幫妳挑！」
光把手放到心露小姐肩上，從袋子裡拿出好幾罐酒。
「這幾種口味應該比較順口吧～」
「那個……我不喝碳酸飲料……」
「是喔！那這罐和這罐就不行了呢。」
嗯，很符合心露小姐的形象。
不喜歡刺激性的碳酸飲料，完全如我所料。
如果連這點小事都看不出來，那麼光就還不了解心露小姐。可見我跟心露小姐關係比較好。
認識她的時間也是我比較久。

「這罐看起來好好喝……」

「咦，它是利口酒耶。妳敢喝嗎？」

心露小姐選的是貼有「柑橘酒」標籤的利口酒。

上面寫著酒精濃度七％，我認為第一次喝酒選擇只有三％的CHOROYOI更安全。

「那是我想喝才買的，我還帶了冰塊，可以加進去喔。」

緣司從自備的保冷箱裡拿出裝冰塊的封口袋。

最好加水或氣泡水，多少降低一點酒精濃度比較好……可是心露小姐不喝碳酸飲料，只能加水了吧。

「妳覺得呢？如果喝不習慣，剩下的我可以幫妳喝，要嘗試看看嗎？」

「嗯，謝謝妳，光。」

「那我幫妳倒。」

那兩人之間的氣氛，跟我們去超市採買前截然不同。

她們是什麼時候關係變得那麼要好的？

根本沒有我介入的餘地，過幾天心露小姐搞不好會說：「以後我午餐要跟光一起吃，你可以不用來了。」

不過，為什麼呢——

「嗯呼呼～兩位少女和睦地嬉戲，真是一樁美事呢～」

緣司用假音像這樣在我耳邊呢喃。

「啊～真是大飽眼福～看到這種百合情侶，在下深感興奮——好痛！」

「不要用噁心的聲音講噁心的臺詞。」

「你流著口水看著她們，所以我才代為陳述你的心情啊！痛痛痛！」

我揪住他的耳朵。

「我沒在想這個，也沒流口水啦。」

「騙人！你的心聲我聽得一清二楚！」

幸好光和心露小姐似乎沒聽見緣司說了什麼，她們錯愕地看著我們。

太好了，心露小姐沒有踏進奇怪的世界。

「唉，我肚子餓了。心露小姐，我要開動了。」

「……請用。」

「我也要！」

總共三層，分量十分驚人的心露小姐便當，在短短半小時內消失得一乾二淨。

心露小姐在我們三人的注視下初次嘗試喝酒，感想是：「非常……美味……！」

看來她不會身體不適，也不會嫌難喝。

暫時可以放下心中的大石。

「我去一下洗手間。」

由於尿意襲來，我留下這句話前往附近的便利商店。

心露小姐似乎和光跟緣司相處得比想像中更融洽，可以放心了。

讓前女友和其他女生見面，說實話挺尷尬的。雖然我本來這麼想，她們卻不知不覺成了朋友，好像用不著我操心。

心露小姐則看起來跟緣司還保持著一段距離，不過以緣司的個性，想必馬上就會跟狗一樣搖著尾巴，變得比我跟她更要好……該死的傢伙，不可饒恕。

我不好意思平白借用店家的廁所，又正好想起牙膏快用完了，便在離開便利商店前買了牙膏。

從這裡走到我們賞花的河岸只要五分鐘，因此沒多久就看見三人的身影。

我離他們還有五十公尺左右，緣司就發現我回來了，大聲吆喝著：「喂——！」用力朝我揮動雙手。與此同時，他不小心弄掉拿在手中的威士忌蘇打調酒，把整件衣服都弄溼了。

「那傢伙已經喝醉了嗎……」

我不記得緣司的酒量有特別差。不如說，跟他一起喝酒的時候，我絲毫不覺得他酒量差。

如今他卻醉成那樣，是喝了很多酒，還是太開心了過於興奮，不小心沒拿穩呢？

「欸，你不是阿祥嗎？」

這時，有個人從河邊的涼亭下叫住偶然路過旁邊的我——

「咦，香楓小姐？」

「好久不見呢～不對，我們上週才見過面吧？咦？是上上週？還是上上上週？」

「聽起來像REDWIMPS某首歌的歌詞。」

「哈哈哈～吐槽得真好～」

好奇怪的人。

香楓小姐搖搖晃晃地朝我走近，擅自跟我勾肩搭背。

那個，胸部……碰到我了……還有妳好香。

「香楓小姐，妳怎麼會在這裡？」

「咦～我來跟打工處的同事賞花～你呢～？」

她身後的人們年齡層各異，又用恐怕是姓氏的稱呼詢問她：「那位是日和小姐的朋友嗎？」這個距離感怎麼看都是同事，所以我隱約猜到了。

她的同事絕大多數是男性，大家都在看我，不如說更像在瞪我。

「我和朋友一起來的。話說妳還好嗎？妳酒味好重，臉也好紅。之前才發生過那種事，勸妳戒酒比較好……」

「沒關係啦～！啊，還有我的本名不是香楓，是楓。日和楓。請多指教～」

「楓小姐是嗎？我的本名也不是吉祥的祥，是飛翔的翔。藤谷翔。」

「翔嗎～真是個好名字。好帥喔～你這傢伙在帥什麼啦～！」

別用手肘頂我。雖然不會痛，但是很煩。還有妳同事的眼神好恐怖。

這些人搞不好全都對楓小姐有意思。

她的身分應該類似社團裡的公主。親切可愛，和人又沒距離感，其他人應該很容易會誤會。

「有件事我一直很好奇，可以問你嗎？」

她湊到我耳邊詢問。話說妳真的靠太近了。

楓小姐大概覺得她的態度很正常，不過後面的人很可怕，她最好離我遠一點。

耳朵好癢，她又散發一股香氣……

我留意著不要表現得不太自然，與她拉開距離。

「什麼事？」

「你為什麼帶著牙膏啊？」

這個問題不用靠近我也能問吧？

「我剛剛去便利商店借廁所順便買的。因為家裡的快用完了。」

「這樣呀～我還以為你等等要跟女生接吻～」

經她這麼一說，我腦中浮現光和心露小姐的臉。為什麼啦！我和她們又不是會接吻的關係吧？

「並、並不是。」

「哎呀？難道我猜中了？」

「沒猜中！我要回去了！」

然後我逃也似的離開現場。

「我等等去找你玩喔～」

「別過來！」

「呿～」

她來了也只會給另外三人添麻煩吧。我之前就覺得楓小姐絕對是天然屬性。從語氣看來，肯定不會錯。

「怎麼了？你認識的人？」

「算是吧。」

光的疑問使我腦內想起楓小姐剛才說的話。

——我還以為你等等要跟女生接吻～

「才沒有！」

「沒有什麼？」

「……沒事。」

「你好奇怪。」

光還沒喝醉的樣子。

儘管有點擔心心露小姐，她的酒量比想像中還好，面不改色。至於看似酒量最好的這傢伙……

「小翔你好慢～！怎麼跑去跟朋友聊天了～真不像你會做的事～」

「你什麼意思？」

「你是跟許久不見的同學擦身而過，也會假裝沒看見的陰沉人吧～」

雖然是真的，這句話真讓人不爽。

「好痛！」

我坐到野餐墊上，順便不爽地往緣司的腳踩下去。

我們四個喝酒喝到一半時，我的智慧型手機響起。

『香楓小姐傳送了訊息給您。』

「……嗯？」

是理應離我五十公尺遠的楓小姐傳來的訊息。

她可能因為嫌麻煩才用傳訊息的方式溝通，可是這段距離真的只要稍微走幾步路就可以抵達。

我這麼想著，望向楓小姐剛才待的涼亭。不過，她躲在那個方向大約十公尺前方的樹後面偷看這邊。

她在幹嘛啊？

總而言之，我決定先看看她傳的訊息。

『來一下。』

看到那則訊息的同時，眼前的楓小姐在對我招手。

「抱歉，我離開一下。」

「你要去哪裡？」

緣司抬頭看著站起來的我，整張臉都紅了。

「我去廁所。」

楓小姐的動作、表情和氛圍，讓我覺得她不想被其他三人發現……有種她在叫我瞞著大家偷偷過去的感覺。

所以我才會這樣說，其實我一點都不想上廁所，然而——

「你尿好多喔，感覺你過沒多久就會去打槌球。噗——！翔爺爺！」

這傢伙真煩。

這種時候有反應，會正中緣司的下懷，最好放著別管。

我無視緣司，走去找楓小姐。

「怎麼了嗎？」

楓小姐臉上是我從未見過的表情。

不久前紅通通的臉頰現在看起來也有點蒼白。

「那、那個……跟你在一起的男生，該不會是——一之瀨緣司？」

楓小姐說出意想不到的人名。

可是緣司人脈那麼廣，就算在路上遇到認識他的人也不奇怪。那傢伙跟任何人都能當朋友。

「對啊。妳認識他嗎？」

「這、這樣啊……原來他來這邊啦……」

她聽不進我問的話，明顯驚慌失措。他們可能不只是互相認識而已。

莫非是前女友……？

緣司說他從來沒有喜歡過別人，我也沒聽他聊過自己的戀愛史。

平常他會講一堆我沒問的事，我自認對緣司的生活知之甚詳。儘管如此，我沒聽說過這號人物。

既然如此，是我想太多嗎？

「所以？妳認識他嗎？」

「咦……嗯。我們是青梅竹馬。啊，希望你別告訴他你見過我……」
「是可以啦。」
只是故鄉相同，正常人會那麼著急嗎？八成還有其他原因，楓小姐卻散發出不容質問的氛圍。雖然我很好奇。
「你和阿一——一之瀨是什麼關係？」
阿一大概是緣司的綽號，取自一之瀨的一。
「我跟他念同一所大學，在同一家店打工，住同一棟公寓。全是巧合就是了。」
「好巧喔。那你們是朋友囉？」
朋友……嗎？
我從未對緣司如此明言：「我們是朋友吧？」這種話太羞恥，我說不出口。
不過，嗯，是朋友吧。即使他很煩。
「跟他在一起的，是他的女朋友……嗎？」
「不是……呃，為什麼不問是不是我的女朋友？」
「咦？因為你在用Connect……咦？你劈腿嗎？」
「啊，原來如此。不是的。我只是以為妳瞧不起我。」

「你長得也很帥呀，感覺就有女朋友。」

她誇我誇得這麼順口，令人頗難為情。

「幹嘛臉紅啦～真可愛～」

「喝酒害的啦！」

我被她逗得不太高興，可是看到楓小姐恢復平常的態度，稍微放心了些。

「那個，翔。」

「……嗯？」

「一之瀨在這裡過得好嗎？」

真是奇怪的問題。簡直就像擔心小孩的母親。

楓小姐跟我同年，當然跟緣司也同年，不可能是他媽媽。既然同年的話，也不可能是兄弟姊妹。

會是雙胞胎嗎……？

不對，他們姓氏不同，長得也不像。

不行。明明決定不去過問，但我真的很好奇。

「為什麼要問那個？」

「咦？你問我為什麼……」

「關心他的話，直接問他不就得了？如果妳覺得太久沒見怕尷尬，我可以陪妳。」

楓小姐看起來有點煩惱，但她很快就搖頭婉拒。

「不行。我不想見他……好不容易快要忘記他了……」

這句話如同喃喃自語，聲音細不可聞，卻被我聽見了。

簡直就像看著不久前的自己一樣令人在意。

「忘記……？」

「……呃，沒事。對不起，再見。」

她的行為彷彿不想繼續被我追問，落荒而逃。

儘管我跟楓小姐認識沒幾天，我感受到她的表情和語氣顯然都非比尋常。

楓小姐給人的印象，用輕浮一詞形容再適合不過。我以為她是不會有煩惱，或者不會有重大煩惱的類型。

可是，剛才的她並不一樣。

那種表情和語氣，我再熟悉不過。

她在試圖遺忘。從剛才的對話可以輕易推測出對象就是緣司。

緣司一秒就看穿我對光還有留戀，說不定我當初也表現得這麼明顯。

不曉得楓小姐對緣司是怎麼想的。緣司的心情則更加捉摸不透。

畢竟那傢伙不會聊這方面的話題。

我和跑向涼亭的楓小姐分別，回到三人身邊。

「欸，翔，緣司是不是已經不行了？」

「嗚嗚……」

光指向癱在地上呻吟的緣司。

「他酒量原來這麼差啊……真想不到。心露小姐，妳沒喝醉嗎？」

「是、是的。沒想到還可以……的樣子。」

「我們兩個都沒事，你要不要送緣司回家？」

「說得也是……」

以今天這種兩男兩女的組合來說，通常會由兩位男性分別送兩位女性回家吧。為什麼我要負責送緣司……可是他醉成這樣，我也沒有其他選擇。

「那我送他回去。不過妳們還要留在這邊嗎？」

「東西給我們收就好，去吧。我也想再跟心聊一下。」

「……謝了。」

光和心露小姐不知道會聊些什麼，我非常好奇。不過她們看起來關係不錯，應該只是閒聊吧。

「至於野餐墊之類的用品……我再想辦法還你。」

「知道了。那麼不好意思，就麻煩妳們嘍。心露小姐也是，改天見。」

「好的……！」

光對於我的想法瞭若指掌。

不愧是跟我交往超過三年的人。我還沒開口，她就連善後問題都幫忙考慮到了。

賞花大會在大約三小時後散會。假如緣司沒喝醉，大概會再持續一下。

我攙扶緣司，叫計程車前往我們住的公寓。這種說法就像我們住在一起，好噁。

坐計程車回家的路上，楓小姐離開前露出的表情一直在我腦中縈繞不去。

『我今天玩得很開心。我和心處得很好，姑且跟你說一聲。』

到家時，光傳了LINE給我。

看來就算是初次見面的光，心露小姐都順利成為朋友了。兩人的關係還好到看就看得出來。

我甚至覺得她們的感情變得比跟我還要好，這次心露小姐的委託應該可以說順利達成了。

「緣司，我把水放在這裡喔。」

搭乘計程車到家後，緣司依然癱軟無力。

我揹著他走去搭電梯，不巧的是電梯上貼著一張故障中的公告。

幸好緣司住二樓，影響不大。這棟公寓共有五層樓，我猜揹到三樓就是極限了。

我坐在緣司睡著的床邊稍作休息。

「小翔，對不起，我玩太瘋了。」

「別講話，喝你的水。想吐的時候跟我說，旁邊放有嘔吐袋。」

「嗯，謝謝。」

我或許是第一次看到緣司這麼虛弱。

他總是從容不迫，或者說冷靜沉著，從未展現出這樣子的一面。

「今天是我拜託你來的，照顧你不算什麼。你也是想用自己的方式炒熱氣氛，讓心露小姐玩得開心吧？」

緣司是個好管閒事的人。

我認為他具有喜歡取悅別人的一面，同時也覺得那是他的優點。

可是我絕對不會跟他講，因為太羞恥了。

「小翔，你真的變了。」

「……哪裡變了？」

「不久前你給人的印象還是個無聊的人，跟小光重逢後就變了。」

「無聊？你又在嘲諷我嗎？」

「啊——不是啦。不是你無聊，是你覺得人生很～無聊的樣子。」

「這樣講很容易誤會耶。我還以為又像平常一樣被你嘲弄。」

可是他說得對。

跟光重逢前，每天都很無聊。雖說有大學的功課要寫，還要到店裡打工，所以並不是閒閒沒事做。

可是很無聊。

沒有開心的事，早上起床出門上學，回家寫完功課吃飯睡覺，僅此而已。

六日則去打工，或者懶在家看看書、滑滑智慧型手機。

最近則不會有這種感覺。

所以，應該是我內心產生了某些變化。

「總覺得好羨慕你。我也想跟你一樣。」

「我看你每天都過得挺開心的啊。有一堆朋友，假日也經常出門，看你的ＩＧ會覺得這個人過得真～充實。」

「啊——嗯。是啊。」

緣司的表情看起來有點難受，是身體不舒服嗎？

可是他能正常地跟我交談。對了，我好像在哪裡看過這種表情。

我不可能看習慣緣司憂鬱的表情，為什麼我會有印象呢？

「幹嘛？別那樣盯著我看啦，我會害羞。」

我盯著緣司罕見的表情看，他紅著臉移開目光。請你不要做出像女主角的行為。

然而拜此所賜，我發現了。

這種表情豈止看過。

跟不久前的我一模一樣。

不僅如此。跟那個時候，楓小姐臨走前露出的表情一模一樣。

「緣司，你說過你從來沒有喜歡過別人對吧？」

「咦……嗯，啊！但是不要因為這樣就以為我喜歡男生喔！你從剛才就一直盯著我看是這個原因嗎！」

「才不是，小心我扁你！」

「對、對不起……為什麼要問這種問題呢？」

我轉身背對緣司，靠到床的側面上。

總覺得想讓對方坦承時，不看眼睛說話更適合。這樣我比較好開口，再加上跟緣司聊這個還挺難為情的。

「那是騙人的吧？」

「……你為什麼會這樣覺得？」

「直覺。」

緣司像放棄什麼般嘆了口氣，坐起上半身開始述說。

「你有時很敏銳呢。平常明明那麼遲鈍。」

「你在笑我對吧？」

「抱歉、抱歉……我啊，曾經有個喜歡很久的人。從小學到高中，總共十二年。

我和她的關係一直都不錯，某一天她卻開始躲我。我發現自己被她討厭了，覺得痛苦不堪，想要忘記她。可是故鄉充滿我們之間的回憶，我實在忘不了她，才會逃到神戶。」

緣司現在很脆弱。

人脆弱的時候，似乎會做出平常不會做的事。因為大腦無法作出正確的判斷。

我利用這一點，像這樣套出緣司平常不會說出口的話。雖然有罪惡感，好奇心還是更勝一籌。

不知為何，我明明對其他人沒什麼興趣，卻好奇緣司的過去。

如楓小姐所說……因為我們是朋友嗎？

「那個女生是什麼樣的人？」

「嗯──她這人比較隨興，卻有自己的想法，其實挺頑固的。表面看來很輕浮，其實想得比誰都還要仔細，是個會默默努力的人。」

簡直就像在說楓小姐。

緣司滔滔不絕地向我介紹那個女生，彷彿只是昨天發生的事。和光重逢前的我八成也是如此。

跟她共度的時間歷歷在目。因為當時的我覺得，時間停留在我們分手的那一天。

「你現在也還喜歡那個女生吧？」
「……沒有啦。我們都已經兩年沒見了耶？」
沒錯。過去我也這麼想。
都一年沒見了，不可能還喜歡她。
自認「就算我還喜歡她，那傢伙也不會再對我有意思」，沒去確認那份心意。
「那麼假設，假設喔。」
「……嗯？」
「假如你知道那個女生喜歡你，你會怎麼做？」
我回過頭，緣司臉上掛著一抹淺笑。
「怎麼可能。」
他直到最後都沒有表明自己的心意。
休息片刻，緣司似乎舒服許多，我便回到自己的家。
數分鐘後，智慧型手機收到一則訊息。是楓小姐傳來的。
『我有件事想拜託你，可以嗎？』

她問得很客氣。至於請求的內容，我心裡早就有底。

如果我猜的沒錯，答案已經決定好了。

『什麼事？』

『雖然我剛剛才講過那種話，我還是想見阿一一面，方便請你幫忙嗎？』

果然。

既然如此，答案只有一個。

緣司說他喜歡很久的人，大概就是楓小姐。

從楓小姐的反應也可以看出，緣司在她心中顯然不只是同學。

那麼，我是否應該跟緣司為我做的一樣，幫他製造機會呢？

和光重逢，為了還傘又約出來見面，我們的關係卻仍未改變。事後我才知道，緣司之所以取消和我一起吃晚餐的約定，就是想讓我跟光見面。託他的福，我們才能有現在的關係。

既然如此，接下來輪到我了。

由我幫楓小姐和緣司牽線。不過，之後的問題要他們自己解決。

我不能插嘴，也沒打算插嘴。

緣司後悔了兩年，肯定說得出真心話才對。他不像我那麼倔強，肯定沒問題。

『好。之後再告訴妳時間和地點。』

讓他們重逢。

雖然決定這麼做了，但我對自己的決斷感到一絲異樣感。

我或許是第一次為朋友做這種事。

緣司總是動不動就會鬧我，老實說我常常覺得他很煩。不過他在光的事情上對我有

恩，所以，嗯。

我這麼做只是在還他人情罷了。

第四話　貼心和愛管閒事只有一線之隔。

三宮站中央口——來到這裡會讓我想起那天發生的事。和光互訴真心的那一天。

從那天起，我和光的關係有了變化。

當然是往好的方向變化。

沒能為分手時的所作所為道歉，我心裡一直有疙瘩，而緣司幫我去除了它。

我想報答他的恩情，現在才會在這裡。

在同一天、同一個時間、同一個地點，將緣司和他恐怕還喜歡的楓小姐約出來。雖說是緣司用過的手段，這麼做最快。

反正他們互相喜歡，只要見面就搞定了。

愚蠢的我想得太簡單了。

從驗票口另一側走來的楓小姐，看到站在Seben-Eleben前的緣司，於是停下腳步。

我遠遠看著這一幕。

數秒後，緣司大概也發現楓小姐了，臉色大變。

「阿一。」

「小……楓？」

他驚慌得遠看都看得出來。至於是哪一種意義的驚慌，我無從得知。

楓小姐則看了在遠方旁觀的我一眼，表情比平常僵硬一些。

自己請我讓她跟緣司見面，實際見到面卻會緊張——我有這種感覺。

「——小翔幹的好事嗎……」

緣司左右張望，然後捕捉到我的身影。

他露出那一天我在神社岔路上看過，不符合他個性的憤怒神情，只不過跟那一天截然不同。

這次是真的。

我從來沒看過緣司真的發怒，被他的表情震懾住。

「你什麼意思？」

「……幹、幹嘛生氣啊？」

「我不知道你怎麼認識小楓的，不要自作主張好不好？」

「講這樣，我是為你好……」

「這叫多管閒事……！」

他的怒氣和怒吼，令我不禁忘了緣司平常的模樣。

我只是想為他實現他真心期望的事。

因為我們是……

「我對現狀很滿足，不像『你這個人』忘不了過去……！」

「但、但是我們……是那個……我想幫你——」

「——少管我。跟『你這個人』沒關係吧？」

我無話可說。

緣司從剛走出驗票口的楓小姐旁邊經過，頭也不回。

我不敢追他。

楓小姐把手放到我肩上。

「沒事吧？」

「抱歉，都是因為我安排你們兩個見面……」

我真傻。

我幫得上忙，因為我是緣司的朋友，這點小事就讓我為他做吧，看我助他一臂之力——像這樣兀自打起幹勁。

對實情一無所知，卻單憑臆測採取行動，才會演變成這個情況。

緣司剛才叫我「你這個人」，使我感覺到內心的距離。

他總是叫我小翔，跟狗一樣搖著尾巴湊過來，我明明覺得很煩。

「阿一雖然生氣了——」

「……」

「我還是很慶幸隔了這麼久，可以再見他一面～對不起喔，都是因為我請你讓我見見他……」

儘管她這麼說，結果真是糟透了。

我害他們的關係惡化了。

不僅如此，我跟緣司的關係亦然。

老實說，真不知道明天起該帶著什麼樣的表情見緣司。

「楓小姐，對不起。」

我只留下這句話，便離開現場。

沒有地方去卻選擇離開，是因為我對楓小姐感到愧疚，想儘快逃離。

楓小姐擔心地跟我說話，我卻沒有聽見內容。

我快步離去，只想趕快從這個地方離開、逃跑。

我純粹是想用同樣的方式回報他，不是基於義務感。

——因為是朋友。

因為是朋友，我想幫上緣司的忙。

因為是朋友，希望緣司能夠高興。

因為是朋友，想解決緣司的煩惱。

不過，這些全部都是我多管閒事，緣司並不希望我這麼做，我等於白白害他留下痛苦的回憶。

這算哪門子的朋友。

高中時期，我也是在跟光變熟之後才交到朋友。說起來有部分也是因為我根本沒有要交朋友的意思。

假如沒有光，我搞不好會一直孤身一人。
而這麼孤僻的我，也初次有了能夠稱之為朋友的對象。
我們認識的契機，是緣司來店裡打工的時候。
第一天他就跟其他員工混熟，還跑來糾纏我。
起初我只覺得他有夠激動，距離過近，是個煩人的傢伙。
他會因為我們走同一條路就跟著我回家，在學校也會一到午餐時間就來找我吃午餐，因為緣司總是陪在我身邊，我才不孤單。
可是現在——
「……這不是翔嗎？你在幹嘛？」
聽見從正前方呼喚我的聲音，我抬起頭來。
我一直低著頭走路，又心不在焉的，所以沒有發現。
「——光。」
「走在路上看到前面有個瞄到，感覺就會變衰的臭臉男……結果竟然是你，嚇了我一跳。」
「哈哈……抱歉。」

「……嗯？你怎麼了？」

為什麼呢？看到光的臉，我有點想哭。

光一如往常毒舌，讓人有點安心。

三宮站前的十字路口行人眾多，不能在這種地方哭出來。即使在沒人的地方也不能。又不是小孩子，誰會因為跟朋友吵架而哭啊。

「我沒事。」

「沒事的話打起精神啦，害我有點擔心。」

擔心……嗎？

仔細一想，重逢後我們的關係感覺也變了不少。

剛重逢的時候，她一副希望我直接大病一場駕鶴西歸的態度，如今則會關心我。不過她再惡毒，應該也不會把話講得那麼難聽就是了。

明明還不到兩個月，我們的關係卻能修復成這樣，這也要感謝緣司。

「呃，抱歉。下次我會表現得有精神一點。」

「幹嘛那麼聽話，害我好錯愕。」

「那妳要我怎麼辦……」

光沒有打扮得跟賞花時一樣漂亮，穿著黑色牛仔褲跟白襯衫，肩上揹著托特包。

「光，妳怎麼在這裡？」

「我打工完準備回家。就在那家星巴可。我在Connect上跟你聊過吧？」

「啊——確實。明莉小姐說的。」

「您還記得我說過的話，我深感榮幸，阿祥先生。」

光開玩笑似的說。現在的我很感謝她能這樣回話，因為心情會輕鬆一點。

「你要去哪裡？」

「沒要去哪……隨便亂晃而已。」

「哦～」

我不是因為有想去的地方才來到這裡。

本來預計讓緣司和楓小姐見到面後，就立刻回家。

無奈事與願違，所以我才逃了過來。

楓小姐說不定還在車站，但我不想見到她。見到她會害我更有罪惡感。

即使現在都離這麼遠了，我依然愧疚得難以承受。

我的心靈真脆弱。

「綠燈了，走吧。」

「……嗯？去哪裡？」

「你很閒吧？我有個地方想去，陪我一趟。」

光沒有徵詢我的意見邁出步伐。她走得很快，因此我只能跟上。

「喂，妳要去哪裡啦？」

「我想想，先吃午餐吧。我從早上工作到現在，肚子餓死了。」

「妳吃完飯也一樣處於飢餓狀態吧？」

「對呀。我要不要去當大胃王啊？我自認長得算可愛，想必會挺受歡迎的吧？」

「別自賣自誇。」

我們沒有討論，也沒有詢問對方，一同走向以前常去的那家咖啡廳。

森林一般的咖啡廳。

我們用來當Connect頭像的蛋包飯，就是這家店賣的。

除此之外還有義大利麵、三明治等各種餐點，但我們最後還是選擇——

「「請給我一份蛋包飯。」」

不愧是契合度高達百分之九十八。

「少學我說話啦。」「不要學我說話啦。」

「「……」」

我和光互相瞪視。

不爽歸不爽，卻讓人有點安心。

幸好今天見到了光。假如沒見到她，我現在不曉得在做什麼。

精神說不定會受到重創。

「吃完蛋包飯再去下一個地方喔。」

光這麼說完，便把一大口蛋包飯塞入口中，發出簡直就像第一次吃到的讚嘆：

「嗯～！」這道蛋包飯妳吃過幾十次了耶。

「接下來要去哪裡？」

我這麼說著，也吃了一口。

「好吃！」

「你的讚嘆聲跟第一次吃到時一樣，這道蛋包飯你吃過幾十次了耶。」

不要跟我說出同樣的感想。

「比妳更多次，大概二十次左右。所以，我們要去哪裡？」

「那我是二十一次。祕密。」

「不對，我其實吃過二十二次。別賣關子，跟我說啦。」

「啊，我是二十三次才對。去哪裡都無所謂吧？反正你那麼閒。」

「我還是吃二十四次好了。少斷定我很閒。」

「什麼叫『還是』啊？不要跟我比好不好？你真幼稚。」

「先跟我比的人是妳吧？不曉得誰才幼稚。」

我們再度互瞪。

「『氣死我了！』」

為什麼我們見面時總會吵架呢？不過，跟光吵架反而成了我現在的心靈支柱。

如果我只有一個人，八成會陷入自我厭惡。

像這樣跟光聊天的期間，可以不用深入思考剛才發生的事。我明白深入思考會比較好，可是此刻我想先沉澱一段時間冷靜下來。

「吃完了，出發吧。」

「好快！等一下，我還沒吃完。」

「慢死了，你是不是男人啊？」

「別拿我跟妳比。不是我吃太慢，是妳吃太快了。妳有細嚼慢嚥嗎？」

「沒禮貌。蛋包飯要用喝的吧？」

「咖哩才是啦。妳好恐怖……」

「這當然是開玩笑的啊！我有細嚼慢嚥啦！」

「我知道，別那麼大聲，會給其他客人造成困擾。妳是小孩子嗎？」

「氣死我了……！」

「哈！」

我得意地嘲諷她，光便一臉不甘地鼓起臉頰。而我竟然覺得那個表情很可愛，其實是我輸了吧……

吃完蛋包飯，我們前往光所說的下一個目的地。

下一個目的地是我們交往時常在放學後去玩的室內遊樂場Round 2，從咖啡廳走過去大概五分鐘。

Round 2裡面有射飛鏢、撞球、保齡球、遊戲中心、KTV等各種設施。

「好久沒唱KTV了～！要唱什麼呢～」

在各種娛樂活動中，光選擇了KTV。

「為什麼要來ＫＴＶ啊？」

「怎麼？你有意見嗎？我最近都沒空來，所以想來唱個歌。」

「呃，我是沒意見，不過這裡一個人也能來吧？還以為妳會帶我去需要男生的地方使喚我……」

「我不是你這種會一個人來ＫＴＶ的邊緣人。ＫＴＶ通常是跟人來的地方，不巧的是今天只有你可以陪我，只好將就一下。」

「這句話真令人火大。」

光連唱三首她喜歡樂團的歌，終於把點歌機遞給我。

她高中就很會唱歌，至今仍未改變。

我的歌藝並不好，卻挺喜歡唱歌的，經常來ＫＴＶ。

不過是一個人。

緣司也約過我好幾次，我覺得他會爆笑著說：「小翔唱得真爛～」所以每次都拒絕他，一個人偷偷去ＫＴＶ練唱。可是，或許再也沒有那個必要了。

「你不點歌嗎？那我幫你點。」

光搶走剛讓給我的點歌機，奸笑著點歌。我有股不祥的預感。

「別點奇怪的歌喔。」

「包在我身上。」

她選的是最近的流行歌。

是當紅動畫的片頭曲，副歌熱血到不行。幸好是正常的歌。

「光，原來妳有看這部動畫嗎？」

「那還用說？全世界的人類都在看，你該不會沒看吧？那你就不是人類了。」

「我有看，所以我是人類。我是長男，可以當作沒聽見妳那句挑釁，如果我是次男就不能原諒嘍？」

「你是獨生子吧？」

儘管唱得不好，我還是努力唱到最後。光則隨著節奏晃動身體，陪我一起唱。

她經常嘲笑我，卻不會說真的傷到我的話。至少我沒印象……大概。

之所以這樣鬧我，應該是她表達關心的方式。我唱得再爛，她也從來沒有罵過我音痴。因為她知道我會在意……大概。

她不會做對方真的討厭的行為……大概。

光果然很懂我。不愧是跟我交往超過三年的前女友。

「我點了薯條，你要不要吃？」

「我們剛才吃過蛋包飯了吧？」

「老師，甜點裝在另一個胃，那薯條算甜點嗎？」

「不算，那是馬鈴薯。」

「咦？經過油炸，熱量會被高溫蒸散？那很健康耶，吃再多都無所謂吧！萬歲！」

「這傢伙根本沒在聽人說話……」

我們邊唱邊耍白痴，過了兩小時。

離開包廂時，我因為唱得太大聲，喉嚨有點痛。

「好，去下一個地方吧！」

「還要玩啊？」

下一個目的地，是同一棟建築物內的保齡球場。

「為什麼要打保齡球？」

「又不會怎樣，很久沒打了。輸的人要請對方喝果汁。」

「是是是。」

我們到櫃檯登記，租借打保齡球用的鞋子。

「咦，你腳變大了？以前不是二十七．五號嗎？」

「嗯，現在是二十八。話說我還長高了，這麼久沒見妳怎麼沒提到？」

「啊～經你這麼一說，確實長高了一些……的樣子？你現在幾公分？以前是一七六對吧？」

「現在一七七，長高了一公分。」

「那是誤差範圍吧？少吹牛了。」

「高中畢業後還能長高一公分，差很多好不好！」

「廢話少說，走吧。」

保齡球是我獲勝。

生氣的光接著要求跟我比撞球，不過同樣是我獲勝。

「真令人火大——！」

她怒吼著跟我在遊戲中心比了好幾種遊戲，統統以我的勝利作結。

「今天是我放水……」

「是是是，不服輸很難堪喔。」

「真令人火大……」

光鼓起臉頰，把零錢投進自動販賣機。接著她後退一步，用大拇指毫不客氣地按下按鈕。

「謝嘍～」

「我下次不會輸。」

「那麼，要結束了嗎？時間也不早了。」

「再去一個地方。去完就回家。」

我跟著光搭上電車。

我們在神戶站下車。是我跟心露小姐一起來過的海邊。

「原來妳想去坐船啊？」

這裡有好幾艘遊覽船，很符合港都神戶的形象。

有西式船、日式船，還有會在時代劇裡出現的江戶時代風格的船。

我們搭上其中名為皇家公主號的一艘西式船。

「你看，我就是在等看得見夕陽的時間～這樣只要兩千日圓不到，我早就想坐一次看看了。」

「好漂亮。」

現在剛好是太陽下山的時間，橙色的光反射在海面上。我明明住在神戶，卻是第一次坐遊覽船。

「看到大海，不覺得自己很～渺小嗎？」

「……嗯？是啊。」

「哇——！」光探出上半身，笑著吶喊。

「你也試試看吧，挺舒服的喔？」

看她笑得那麼開心，我的心情也跟著好起來。

現在我開始覺得，大海真是遼闊，我的煩惱該有多麼渺小啊。

「不用了。因為妳大叫的關係，其他人都在看我們，好丟臉。」

「可以不要把我講得跟小孩子一樣嗎？」

「事實就是如此吧？」

「喂！……哈哈哈哈。」

她為什麼知道呢？

「光，謝謝妳。」

知道我有煩惱。

「嗯～？我只是帶你到處逛我想去的地方而已喔。」

光就是像這樣在關心我。

「以前啊，有一次你跟我說過，你真的很煩惱。」

「……嗯？」

「我問你在煩惱什麼，你說爺爺每天早上都會在門口送你出門，覺得很害羞。」

「啊——的確有這回事。」

「翔的爺爺真的好有趣，我好想再去找他聊天～」

「可以啊。爺爺也會很高興。」

「那我下次找一天去你家。到時你要陪我喔，那麼久沒去，我會緊張。」

「……知道了。」

光面向我，坐到船上的長椅上。

她拍拍旁邊的空位，大概是叫我坐到那裡。

我默默照做。

「你有什麼煩惱對吧？」

「……妳怎麼知道？」

「我怎麼不知道？你以為我當了你幾年的女朋友？」

別這樣，別在我脆弱的時候對我溫柔。

重逢後，妳從來沒有用這麼溫柔的語氣跟我說話吧？別在現在對我溫柔。

「你表現得挺明顯的，不是前女友應該也能猜個八九不離十。雖然不太確定。」

「原來妳不確定喔……哈哈！」

「總之，我可以聽你吐苦水，如果有我做得到的事，我也可以幫忙……要收取代價就是了。」

「竟然還要代價喔。」

「笨蛋，我是在為你著想。如果我白白幫你的忙，你會懷疑我有什麼企圖吧？」

「才不會。我知道妳很溫柔。」

沒錯，以前就是這樣。

我失落的時候，光會比任何人都還要更快發現。她會站在我這邊、陪在我旁邊，以及聽我訴苦。

「喂……別這樣，我會害羞的唄~……」

「那個語尾是怎麼回事？」

「要、要你管！」

她別過頭，瘋狂捶我肩膀。有點痛耶？

「你和心發生什麼事了嗎？」

「不，不是心露小姐。」

「那就只剩緣司了嘛。」

「不要以我的朋友只有那兩個人為前提好不好？」

「咦？不是嗎？」

「呃……是沒錯。我跟他吵架了。」

「看，我沒說錯吧？」

「真讓人火大……」

這個前女友直覺真敏銳。不對，不是直覺敏銳，是因為她認識我這麼多年，什麼都看穿了吧。

「你從以前就是個孤高的人，喜歡獨處。」

「是啊……」

孤獨對我來說不痛不癢，現在也不是因為害怕自己變得孤身一人而沮喪。

「你能和緣司那種類型的人成為朋友，我超意外的。」
「我也是，我還以為自己不擅長跟那種人來往。」
「對吧？」
「可是，跟他相處很愉快喔。雖然有時候會嫌他煩，一想到我們說不定再也回不到以前的關係，就覺得……該怎麼說，嗯。」
「很難過？」
「……差不多。」
「幹嘛害羞。他又不在場，直接講就行了吧？」
實在瞞不過光。
跟她分手後，我後悔的次數多到數不清。
始於小小的誤會，最後不小心對她說了不該說的傷人話語。後悔說了那種話，也後悔沒有立刻道歉。
因此，我不想再後悔，決定照自己的意思做自己相信的事。
結果落得這副窘境。
不想再破壞重要的人際關係，不想再做讓自己後悔的事。跟光在一起的種種，明明

已經讓我學到了才對。

然而有些事，我實在無法退讓。

「他說跟我沒關係。」

「……嗯？」

「我為緣司做的事，給他添了麻煩，這是他當時跟我說的。叫我別管他，這件事與我無關。或許我真的造成了緣司的困擾，可是……！」

可是，即使如此，唯有他當時說的那句話，我無法接受。

「——我們是朋友，怎麼可能跟我沒關係。」

光一語不發地坐在旁邊。

我彷彿在自言自語，凝視著正前方的大海。

「我朋友不多，所以不清楚，可是講那種話很奇怪吧？朋友通常不會說跟對方沒關係吧？」

「……對呀。」

「啊——！講到這個就火大！我絕對要逼那傢伙道歉！然後我也要向他道歉！這樣就能恢復原狀了吧！」

「……噗！」

我站起來握緊雙拳，旁邊的光便忍不住笑出聲。

「妳笑什麼？」

「因為……為什麼你要生氣啊……哈哈哈哈！」

「有什麼好笑的？用不著捧腹大笑吧……」

「你沒跟朋友吵過架對不對？」

光用食指拭去眼角的淚水，依舊在忍笑。

確實，我好像從來沒跟人吵過架。

我吵架的對象，頂多只有爺爺、媽媽和光。

同年的朋友沒熟到會吵架。

全都是我在路上擦身而過不會叫住人家，對方主動打招呼只會感到困擾的人。

除了「好久不見」，根本不知道該說什麼才好。

我從來沒有跟朋友關係好到會吵架。

「啊～我第一次正式和人吵架。雖然只有我單方面挨罵。」

「所以你不知道吵架之後必須怎麼做嘍？」

「別小看我啦。這個我很清楚。」

一說出口，我就察覺到自己說錯話了，深深反省。

吵架後必須好好地跟對方道歉。

小孩子說不定都懂，不過讓我學到這件事的，是如今正在與我交談的光。

光也發現我那句話是在指她，目光在我腳邊游移不定。我當然也為了逃避尷尬的氣氛，沒來由地仰望天空。

「你既然明白這個道理……緣司大概也不會鬧脾氣，能夠順利和好吧？」

氣氛好僵。

「是啊。但這樣不行。」

「……嗯？哪裡不行？」

我想和緣司維持對等的關係。話雖如此，本來應該道歉的人是我，我對這點再清楚不過。

不過，前提是那是緣司的真心話。

我怎麼想都覺得，緣司跟不久前的我一樣。我看得出來那不是誤會。

因為我跟他一樣，在過去的戀情中留下強烈的後悔。

而且我是緣司的朋友。

所以我知道。

「總之，先去調查緣司跟楓小姐的關係！」

「楓小姐是誰啊？」

「對了！我意外地很笨拙，別人的戀愛又很難懂，光，幫我一把。」

「等等，可以不要自己一個人講得那麼開心嗎？」

「啊──好麻煩。我們認識那麼久，我在想什麼，妳大概都知道吧？」

「你這個人喔……」

「先享受這趟難得的遊覽船之旅，剩下的事之後再說！」

「給我解釋清楚！」

「痛！」

從這個發展看來，跟一開始並無二異。

我要為緣司多管閒事。

緣司搞不好會嫌我給他添麻煩，可是我要去做。
只不過，這次要慎重行事。
「光，我有件事想拜託妳幫忙。」
「真是的……先跟我說明狀況。只要別太誇張，要我幫忙也不是不行。」
「謝了。」
絕對不會讓他嫌我給他添麻煩。
不會讓他說跟我沒關係。
緣司要對我說的，只有「謝謝」跟「對不起」兩句話。
然後我也會對緣司說。我要對他說「對不起」，還有「活該啦，果然如我所料」。
我的性格還真差勁。
但我絕對要讓他說出口，而我也要對他說。
「所以，從結論來說，我要做什麼啊？」
好了，讓我們來第一次吵架吧，緣司。
「——多管閒事！」

第五話　心電感應者也會有無法理解的心情。

「原來如此，楓小姐啊？」

「沒錯。妳怎麼想？他們果然兩情相悅吧？」

「嗯——以前應該是，現在就不知道了。楓小姐則很可能還喜歡緣司。」

我將事情經過簡單地描述給光聽，光興致勃勃地陷入沉思。

她以前就喜歡這種情愛糾葛。

記得她是個同班同學的戀愛情況幾乎都會去過問的戀愛宅。

「聽起來滿有趣的，我也要插一腳。如果會害他們的關係惡化，我當然會收手。你也一樣，答應我。直接詢問當事人雖然省事，最好要非常小心。插手別人的戀情，風險可是很大的。」

專家說的話就是不一樣。

「知道了。我不擅長牽線，這部分交給妳嘍。」

「沒問題。總而言之，翔。」

「……嗯？」

光喜孜孜地豎起食指。

「去他們的故鄉看看吧！」

「不不不，去那裡幹嘛啊？什麼都查不到吧？」

「你在說什麼啊？辦案就是要去案發現場一百次！不先去看看怎麼知道呢？」

「又不是警察……」

於是，我們莫名其妙確立了行動方針。

緣司跟我說過他的故鄉。

光似乎也聽他提到過，已經決定要去了。這傢伙到底在想什麼啊？我看她有點樂在其中。

我們約好下星期六出發，這天就此道別。

發生了好多事，真是忙碌的一天。

今天的事件使我意識到，自己一直受到身邊的人幫助。

所以，我不想失去他們。

為此我要盡己所能。

跟緣司吵架的隔天。

今天是星期日，而每個星期日我都會排打工。而且我跟緣司又排在同一天上班，等等應該會見到他。

本來是這樣想的。

「咦，店長，緣司呢？」

「啊——一之瀨身體不舒服，好像發燒了。他責任感很強，先來過一趟，但店裡人手還夠，我就叫他回家休息了。真難得，他沒跟你說啊？」

「喔——對啊……」

我當然沒臉說是因為我們在吵架。

緣司不要緊吧？他一個人住，出什麼意外也不會有人發現……這種事不是不可能發生，我想去探望他，然而……

「好尷尬……」

儘管覺得尷尬，我仍然在回家時下意識去便利商店買了果凍和運動飲料。

非去不可了。不如說不找個理由，我沒辦法去見他，拿探病當藉口剛好。

回到公寓時，夕陽將風景染成一片暮色。

把東西交給他就快點閃人吧。

我一來到緣司的家門前，就變得比剛剛還要緊張，手有點發抖。

我按下電鈴，隔著家門都能聽見從屋內傳來的聲音。

響了。被我按響了。已經無路可逃了。

咦？怎麼會這樣？

跟吵架的朋友見面會這麼令人緊張嗎？真是新發現耶——我當然沒有像這樣開玩笑的心情。

簡直就像去喜歡女生的家……呃，緣司是男人吧！你白痴喔！

我緊張到獨自在腦內講相聲了。

可是，電鈴已經響了一段時間，緣司卻沒有要應門的跡象。

他不可能不在家。

因為那傢伙生病了吧？

所以是裝不在嗎？

有可能，畢竟我們現在關係那麼僵。

為求保險起見，我又按了一次電鈴，但還是沒有反應。

我想到他外出看病的可能性，準備轉身離開時，屋內傳來聲音。

「你這不是在嗎？」

糾纏不清或許會被討厭，我卻直接敲門。

「喂，不要裝不在啦。」

即使如此，他依然沒有回應。

緣司還在門後。我有這種感覺。

「你生病了對吧？我不知道買什麼比較好，所以姑且買了果凍和運動飲料過來。你開門好不好？」

家門隨著這句話緩緩敞開。

額頭貼著退熱貼的緣司從中探出頭來。

他臉有點紅，眼睛不是看著我，而是外面的走廊。因為會尷尬。

我也一樣。如果緣司看著我，我會忍不住移開目光。我不好意思跟他對到眼。

「……謝謝，進來吧。」

「嗯。」

緣司讓我進房後，直接坐到床上。

我常來他家，今天他的房間特別亂。

聽說人類的心理狀態會影響房間的凌亂程度，說不定是因為跟我吵架的關係。

「積了好多東西要洗耶。」

我將買來給他的東西放在緣司面前的矮桌上，開始清洗餐具。

站在廚房會背對緣司，正好可以拿來當成逃避的手段。

「……謝謝。」

「別客氣。」

洗碗盤的喀嚓聲支配整間房間，我們一直沉默不語。更正確地說，是開不了口。

我受不了這個氣氛，轉而向沖水聲求救。

儘管有洗碗聲和沖水聲，還是很尷尬。

等我洗好餐具就完了。

「對不起，今天突然請假，店裡沒出狀況吧？」

出乎意料的是，緣司主動開啟了話題。

我看不見他的臉，不過從語氣就聽得出，他的臉色沒有好到哪裡去。

「沒事，田中先生幫忙撐住了。」

「這樣啊。」

沉默再次降臨。

不久前，他還會叫著小翔湊過來，總是逗著我玩。

才吵一次架，關係就變得這麼僵。

可是能夠和好，就是所謂的朋友吧。

「你吃過飯了嗎？」

「沒食慾……不過果凍應該吃得下，所以幫大忙了。」

「喔。」

「……問你喔。」

「……嗯。」

背後傳來緣司躺到床上的聲音。

他過了一會兒才開口：

「你怎麼會認識小楓？」

「這個嘛……」

很多人不希望別人知道自己在用交友軟體。

我是無所謂，但聽說大部分的人都只會跟親近的朋友說。

既然如此，可以擅自告訴他楓小姐在用交友軟體嗎？

「我不能說。」

「……是Connect嗎？」

「我之前就在想，你會讀我的心對吧？」

「果然是Connect啊。」

「你在套我話吧？」

「是『小翔』太好懂了啦……呵呵！」

「閉嘴，笑屁啊……哈哈！」

氣氛稍微變了。

餐具也已經洗完了。

可以跟一直被我當成救命稻草的聲音道別了。沒有這個聲音也沒問題。

即使吵架了，因為我們是朋友，見面談談就能和好。

「真的是我多管閒事嗎？」

用不著明言。

緣司應該也知道我在指什麼。

對於我的問題，他沒有回答。

洗完餐具，我用毛巾擦乾手，接著面向緣司。

緣司低著頭，嘴角看起來微微上揚。

「我知道你是為我好。可是，我真的希望你不要這麼做……我不想再受傷了。」

最後那句話細若蚊鳴，彷彿在自言自語。

我雖然聽見了，卻不明白它的真意。

「不想受傷是什麼意思？你和楓小姐又沒交往過，以前發生過什麼事嗎？」

「她什麼都沒跟你說嗎？」

「只有說你們是青梅竹馬……」

「這樣啊……我一直喜歡小楓，但那已經是過去式了。我被甩了。所以，我不想再見到她……會害我想起痛苦的回憶。」

「……你想忘記她嗎？」

「對。所以，希望你不要讓我們見面。」

緣司一臉憂鬱。

跟賞花那一天，楓小姐離開前露出的表情很像。而且楓小姐也說：「想忘記他。」

我怎麼想都覺得，不管是以前還是現在，他們都兩情相悅。

「想忘記她，不就代表你還喜歡她嗎？」

「怎麼可能……都過兩年了。」

「你對於自己的戀情很後悔，所以看到我的處境，不希望我犯下跟你同樣的錯誤，才會安排我跟光見面，不是嗎？」

「……就跟你說不是了吧？」

為什麼不承認啊？

全部跟我說嘛。

我們是朋友，想講什麼都可以。

如果能直接這樣對他說就好了，我卻說不出口。

「我差不多該走了。需要什麼東西再ＬＩＮＥ我。而且你得趕快痊癒才行。」

其實我還有很多問題想問，可是緣司身體不舒服，我不想勉強他。

等他痊癒再問也不遲。

「嗯。」

緣司步履蹣跚地走到門口送我。他雙臂環胸靠在牆上，看起來很難受。

「好好休息。你不用擔心店裡的工作，我會幫你代班。」

「……謝謝你。」

「掰啦。」

門逐漸關上。即使緣司的身影從門縫間消失，我仍然杵在原地一段時間。

一星期後，星期六。

我租車開到海邊的舞子站等待光。

舞子站位於連接神戶和淡路島的明石海峽大橋附近。

我們今天要去緣司和楓小姐的故鄉——淡路島。

關於那兩人的關係，或許能查到什麼線索，光便提議去那裡一趟，可是我覺得她大概只是自己想去。

分手前她就常說想去淡路島玩，肯定沒錯。

話說回來，這傢伙怎麼每次都……

「妳好慢。」

「唉喲～難得的旅行，總要仔細準備吧？」

光打開副駕駛座，探頭進來。

她難得穿了連身裙。不過是黑色，款式也不是那種輕飄飄的可愛系，而是有點成熟的風格，很適合她。

「光，妳剛才說要去旅行對吧？」

「啊……你聽錯了吧？先去看有名的大洋蔥，再去吃那裡的淡路島漢堡吧！」

「妳根本就是要去玩的！」

再說我們只知道他們的故鄉是淡路島，要從何查起？

「喂，大洋蔥在渦之丘不是嗎？幾乎是最南邊耶。從這邊開過去，路上有淡路休息站，那邊也有地方可以逛吧？」

「不行，我現在只想吃渦之丘的漢堡。來，看看這個影片。你絕對也會想去！」

光這麼說著，智慧型手機播放著淡路島漢堡的介紹影片。

鬆軟的漢堡麵包夾著帶有酥脆外衣的炸洋蔥，除此之外還有各種口味的漢堡。好好吃的樣子……

「沒辦法，走吧。」

「不愧是你，挺識相的嘛。那今天就麻煩你開車嘍。」

「……嗯？妳該不會……」

光毫無惡意，錯愕地看著我。

「我沒駕照喔？」

「真的假的……」

我開啟導航系統，就算走高速公路，單程也要一小時。

當然，我不認為區區漢堡填得飽光的肚子。考慮到還得開車繞到各個地方，又要開回去……

「可惡！我絕對要大玩一場！」

「出發──！」

不中途休息絕對會出意外，所以要記得休息。再說我並不常開車。

雖說一小時比想像中還快，還是會累。

光一直在配合音樂唱歌，我則因為不習慣上高速公路，沒有那個心思。

「駕駛辛苦了……看起來比想像中還累。」
「讓我休息一下……」
渦之丘位於連接淡路島和四國地區的大鳴門橋附近，幾乎在兵庫縣最南端，多開一段路即可進入德島縣。
那裡有顆牌子上刻著「#大洋蔥」的巨大洋蔥裝置藝術，是有名的觀光勝地。
「哇～！是我夢寐以求的大洋蔥～！」
「妳看起來真開心耶。就只是個巨大洋蔥的裝置藝術吧？」
「你瞧不起它嗎？在這邊擺洋蔥姿勢拍照，就是今天來這邊的目的喲！來，翔！幫我拍照！」
光把智慧型手機塞給我，衝向大洋蔥。
她站在洋蔥旁邊，雙手在頭上相會，做出洋蔥尖端的形狀。這個姿勢好俗。
「要拍嘍——說『七』。」
拍完照片之後，她帶著燦爛的笑容跑回來，窺探智慧型手機。
「拍得不錯嘛！你要不要也拍一張？」
「沒關係，我不用了……」

這時，後面一個脖子上掛著單眼相機的鬍子大叔面帶微笑走近我們。

「你們站一起吧，我幫你們拍照。」

呃，我會害羞，真的不用……這樣拒絕人家也很失禮。就在我思考時，光拉住我的手臂。

「好了，走吧！」

「等等，喂！」

我被她拽著，站到大洋蔥旁邊。已經無路可逃了。

證據就是光如今依舊牢牢抓著我的手臂，眼神彷彿在叫我認命投降。

「知道了啦……放開我。」

「啊……抱歉。」

啊，臉好燙。那個大叔在搞什麼啊。都是因為他，害我這麼羞恥。

不愧是網美景點，想跟巨大洋蔥拍照的人開始在大叔後面排隊。而我竟然要在這種狀況下跟光拍照。

「你也要擺洋蔥姿勢呀。」

「真的假的……」

以光的個性，她一定會等我擺姿勢等到天荒地老。這樣一來就會被其他人盯著看。
雖說是為了快點離開，真的好丟臉。
「那我要拍嘍～說『嘿』。」
嘿？
我拍完照便迅速離開原地，急忙跟大叔道謝並落荒而逃。
「哈哈哈哈！你看，你的臉超紅的。」
「住手！別這樣！」
真想挖個洞鑽進去。
「哈哈哈，不用那麼害羞吧？大家都會擺那個姿勢呀？」
光說得沒錯，排隊的人們全都在擺洋蔥姿勢拍照。
扭扭捏捏反而會引人注目。儘管我懂，因為各種事情，我已經累了。
「謝謝你陪我做我想做的事。還有幫忙開車也是。坐這邊休息吧，我去幫你買漢堡過來。」
「嗯……謝謝。」
拜緣司所賜，我正式為以往的過錯跟光道歉了。之後光對我的態度有了變化。

即使不至於截然不同，她講話變得沒那麼帶刺，或者說變溫柔了。簡直跟交往時一樣，令人懷念。

等待光回來的期間，我待在這個知名的景觀餐廳欣賞山景和海景。綠意盎然，大海也很美。

跟神戶有著不同的魅力。

「久等了～拿去！」

「謝謝。妳還買了飲料啊？多少錢？」

「……嗯？不用啦。開車的人是你，這點錢讓我出就好。」

「喔——……謝了。」

總覺得反應不過來。

這個距離感使我想起交往的時候。跟剛重逢時有一種不同的羞恥感。

「飲料我買了兩種我想喝的。你可以自己選，不過要分我一口。」

「好。這是什麼？」

「這個透明的好像叫島自製可樂。我覺得透明的可樂很奇怪，就買了～另一個是茶蘇打。你要喝哪一個？」

「那我要可樂。透明的可樂好神奇。」
自然地分享飲料，自然地坐在一起吃漢堡。
不久前，我根本想不到自己還會像這樣跟光一起出去旅行。因為我以為再也見不到她了。
緣司跟楓小姐也一樣吧。他們肯定很困惑。搞不懂自己的心情再正常不過。
明明想忘記對方，對方卻出現在眼前，勾起回憶。
我並不痛苦，但每個人的感受都不一樣，我想為他們製造機會，讓他們能用適合自己的方式再好好溝通一遍。
坐視不管不在選項之中。因為換成是我，我不認為時間有辦法讓我忘記她。
我都在慶幸我們的關係能跟現在一樣有所改善了……
「好吃是好吃，可惜量太少了。」
「不不不，這個量剛好吧？光小姐，莫非您要再點一個？」
「好煩惱……」
「別煩惱。」
「也是，畢竟其他地方也有我想吃的東西。例如生魩仔魚丼，我絕對要吃到。」

「現在還有食慾吃丼飯，妳真的有當大胃王的天分……」

「嘿嘿。」

「等到晚餐時間我也肚子餓了，希望可以吃到生魩仔魚丼。」

「那就晚上再吃吧。至於點心，我想吃一家瑪芬店。」

也就是要我開車去的意思。

「你可以休息到不累為止。」

「……喔。」

就叫妳不要這個態度了，不知為什麼有夠奇怪。之前那種帶刺的態度就行，不然我好彆扭……

我如此心想，身體卻在每次被光溫柔對待時體溫升高，使我察覺我在害羞。

吃完漢堡後，我休息了一陣子，欣賞景色恢復開車的疲勞。

值得慶幸的是昨晚睡得很飽，所以我一點都不睏。

會累主要也是因為不習慣開車，緊張感造成的精神疲勞。不過開一個小時就習慣得差不多了。

「差不多可以走了。」

「啊，最後拿風景當背景拍一張吧。」

「咦？啊——不要擺洋蔥姿勢的話是可以。」

「呵呵！你根本都留下心靈創傷了嘛。來，說『嘿』。」

光拍完照片，就看著那張合照露出笑容。來到這邊開始拍照之後，我一直很好奇一件事。

「為什麼是『嘿』啊？」

「我也在疑惑！剛才幫我們拍照的大叔這樣講，我才會模仿他。哈哈哈哈！」

「什麼嘛，還以為是我太奇怪。」

「通常都會說『七』吧？奇怪的是那個大叔。也可能是想讓我們笑？因為唸『嘿』的時候看起來像在張嘴笑嘛。我猜的。」

「可能喔，哈哈！」

我們之所以能像現在這樣互相歡笑，也是託緣司的福。

希望緣司也能露出同樣的笑容。不過這個人真的有打算調查嗎？

拍完照片，我們回到車上。

以星期六來說路上挺空的，離下一個目的地應該花不了多少時間。

導航系統顯示要開半小時左右。本以為我習慣開車了，應該不會那麼累，可惜事情沒有我想的那麼簡單。

「怎麼會開在山裡……」

距離不算長，但路很難開。

「沒辦法。人家的賣點就是位於深山，所以能享受大自然。這家店既漂亮，風景又好，到了之後你一定會慶幸有來這一趟！」

「妳現在就去考駕照，跟我換手。」

「那我問你，你願意把性命託付給我嗎？」

「嗯，我會怕，所以我還是努力開車吧。」

「真讓人火大……」

「話說回來，我們現在要去的地方有什麼東西？」

「我想想喔……咖啡廳、旅館、雜貨店，還有點心店。我哪天想來住住看旅館，今天先去另外三家店。」

「妳制定的計畫根本是來玩的吧？」

「又不會怎樣，難得有機會來，就該玩得盡興啊！」

「是有道理啦……」

我在迷宮般的山路上前進，終於抵達宛如蓋在森林裡的小屋，卻又瀰漫家具店時尚氛圍的場所——大空莊。

客人也大多是時髦的人，很符合這裡的氣氛。

「哇——！我一直超想來的！」

「妳開心就好。」

「先買瑪芬吧！好像快賣完了！」

「是是是。」

光抓著我的手臂又蹦又跳，我不禁苦笑。

我們的反應差距儼然是父女。

瑪芬的口味相當多樣，每種看起來都很好吃。現在是下午，傍晚似乎就會賣完。

買完瑪芬後，我們沒有要買什麼東西，卻跑去逛雜貨店。不出所料，由於全是我們大學生買不起的價格，雖然有感興趣的商品，我們還是什麼都沒買就離開了。

咖啡廳在不遠處，旅館、雜貨店和點心店則統統在大空莊的腹地內，除此之外還有展示用小屋，是IG上有名的拍照景點。

「在這邊拍照好了！」

「去吧，我幫妳拍。」

「嗯。不過難得來一趟，等等要一起拍喔。」

光似乎不覺得這個行為有什麼問題，面不改色地說。所以高中時代她才會無意間害好幾個男生誤會，大家都喜歡上她。

咦？想拍合照是不是代表她喜歡我……？

我看過數名男生產生這樣的誤會，上演一場場悲劇，好可憐。

「來，說『七』。」

光用自備的自拍棒拿大空莊的美景作為背景拍了一張。太好了，這次是說七。

「那麼，接下來妳想去哪裡？離晚餐還有一些時間，妳應該打算等等就吃掉瑪芬，所以還會繞去其他地方吧？」

「答對了！下一個目的地是淡路花卉山丘！」

淡路島人稱兵庫縣的夏威夷。其中最受矚目的觀光地之一，就是淡路花卉山丘。

我以前也跟爺爺去過，是個有整面花海，景色優美的場所。

仔細一想，今天去的景點風景都很美。大概是淡路島很多那種地方。

對都市的喧囂感到疲憊時，或許滿適合來的。

「到嘍。」

「開車辛苦了。」

「嗯！」

現在的季節，花園整片都是黃色。

我不熟花的名字，只知道不是向日葵。再說現在是春天，向日葵給人夏天的感覺，應該不是它。

「好漂亮！」

「妳知道那是什麼花嗎？」

「這還用說，是油菜花。聽說這整片有一百萬朵喲。跟花有關的問題儘管問我。」

光看著智慧型手機這麼說。

「妳剛剛才查到的吧？」

「……我討厭直覺敏銳的前男友。」

光有男人婆的一面，對我的態度也跟尖刺一樣銳利，卻意外是個愛花人的樣子。

她蹲下來幫一朵花拍了張美照，又站在高臺上將整片美景納入鏡頭中。

「原來妳喜歡花嗎？」

「嗯——雖然不了解，還算喜歡看。我總有一天希望能收到男友送的花束。」

幹嘛跟我講這個。

「哪種花的花束？」

「不知道，我不懂花。」

「什麼啦……妳真的想要嗎？」

「笨蛋，光是收到男友送的花，就是重大事件了吧？」

想不到光也有跟心露小姐一樣的少女心。不曉得和她交往的時候，我有沒有滿足她的欲望。老實說……我毫無自信。

除了整片的花園，這裡還有土產店。

按照計畫，我們不是去旅行，所以我本來沒打算買土產，然而……

「不覺得這個看起來很好吃嗎？」

「妳要買回去送人嗎？」

「不是，我自己想吃～你去買土產送我啦。」

「為什麼我要買土產送給跟我一起來的人？自己去買啦。」

「咦——因為以價格來說，土產的量好少，我捨不得花錢。」

「妳吃什麼都會誇好吃，感覺去超市買便宜的和菓子包裝一下就騙得過。」

「那也行，買給我好嗎？」

「好了，回車上吧。」

「我撒嬌的時候這麼可愛，給我稍微害羞一下啦——！」

「吵死了……我差不多餓了，去吃生魩仔魚丼吧。」

我轉身背對光，邁出步伐。

誰會害羞啊。

我差不多習慣開車了。

可惜夕陽已然西斜，這趟旅程也即將迎接尾聲。

「欸，翔。」

我開車前往下一個目的地，光坐在副駕駛座，看著窗外的景色說。

「嗯……？」

「好久沒有這樣了呢。」

重逢後，我們一起出去過幾次。

去咖啡廳，去吃晚餐。可是，今天這種約會般的氣氛，的確很久沒有經歷過了。

原因除了目的地很適合約會外，我們現在的關係跟剛重逢時比起來，有了巨大的變化，更加勾起交往時的心情。

「對啊。」

「我們長大了呢。當時沒有一起喝酒，也沒有一起兜風。」

「畢竟我們未滿二十歲，分手後我才考到駕照……」

我對光還有許多不了解的地方。

明明在一起那麼久，卻有一堆重逢後才知道的事。這點光應該也一樣。

儘管並非想要跟她重新來過，我很慶幸能再見到她——現在我是這麼想的。

「未來我們或許也會……越來越了解對方。」

「……或許吧。」

我很好奇光這句話有何用意，卻問不出口。

不過，她既然這麼說，至少不會想要和我斷絕關係吧。

光也會慶幸與我重逢嗎？

若是如此，我更希望緣司也能順從自己的心意行事。

假如他堅持不跟楓小姐見面，絕對會一直忘不了楓小姐。

背負著過去活著，可是一條荊棘之道。

「再十分鐘左右就到了。」

我這麼說，光卻沒有回應，只聽得見她的呼吸聲。

「竟然睡著了……」

今天久違地看見興奮的光。

她八成想來很久了。

分手前她就說過想去這個地方，我們也約好要一起去。

時隔一年才履行了這個約定。

結果完全沒查到緣司的情報，但我從不認為能查到什麼線索，因此無傷大雅。

抵達最後的目的地——販售生魩仔魚丼的休息站之前，就讓她睡吧。

「呼……」

我平安開到最後的目的地。

吃得到生魩仔魚丼的淡路休息站。

有土產店、美食街，走到外面可以看見巨大的摩天輪。太陽已經下山，那裡應該會被燈光照亮。

「光，我們到嘍。快起來。」

「……嗯，啊！抱歉，我睡著了。」

光揉著眼睛，愧疚地伸了個懶腰。

「去吃生魩仔魚丼吧。」

「嗯！走吧、走吧！」

剛起床就這麼有精神。

旅程已經快要結束了。

儘管完全沒有達成目的，我原本就不抱期望，所以沒差。

在淡路島玩了一整天的人們來到休息站，以此作為旅途的終點。

美食街擠滿人潮，看來除了我們，還有許多想吃生魩仔魚丼的人。

「隊伍排好長喔。」

「對啊。先去逛逛再回來排隊吧。吃完飯應該會不想動。」

「雖然我肚子很餓，你說的有道理。還是幫家人買點土產回去好了。」

「那走吧。」

這裡明明是淡路島，卻連四國、神戶和大阪的土產都有賣。

大概是因為這個地方連接關西與四國，想讓忘記買土產的人也能在這邊補買。實際上，我和光就買了之前沒買的土產，真的有其必要性。

我們望向美食街，雖然人比剛才少了點，還是很多。

「要不要去外面稍微走走？」

看到人那麼多，光這麼開口提議。

外面有座巨大的摩天輪，隔著玻璃看仍然很美。

「好啊。」

我們邊走邊欣賞夜晚被燈光照亮的巨大摩天輪。

周圍還有不少情侶，已經分手的我們顯得有點格格不入。

「今天好開心喔～還想再來玩～」

「那真是太好了。」

「你很累吧？對不起，讓你一個人開車。」

「沒關係。我已經習慣了，而且風景也很美，挺開心的。」
「這樣啊，那就好。不過下次來的時候由我開車吧。得在那之前考到駕照。」
下次──妳還想跟我一起來嗎？
不知道光對我是怎麼想的。
一度喜歡上，分手一年。之後應該漸行漸遠了，但是重逢後又發生了許多事，直至今日──
我又是如何呢？
不能一直不弄清楚自己的心意。
懷著這種不明白的心情，我也很難熬。
「光，妳還有在用Connect嗎？」
「……真突然耶。是沒刪掉啦，但我不常開。」
「這樣啊。」
「怎麼了？問這個幹嘛？」
「沒有啦……就是好奇。」
「那你呢？」

「我也不常開。不久前有人對我按讚，頂多只有那時候開過。」

還有跟心露小姐去動物園的時候，那只是要證明我們配對到了，不算在內吧。

「啊，是你之前說的楓小姐對吧？」

「對對對。話說妳問這個又要幹嘛？」

「啥、啥？我才不在意，可以不要誤解我的意思嗎？」

「呃，我什麼都沒說耶。」

別講那種會寫在傲嬌課本第一頁上的臺詞啦。

「結果今天什麼情報都沒查到，翔，你去問楓小姐啦。反正現在有車，直接開車去找她不就好了？」

「呃，是妳跟我說這種事很私人，叫我不要太超過吧……而且也不知道楓小姐願不願意告訴我……」

話說她真的覺得來淡路島會有收穫嗎？

「如果她不想說，會直接講吧？好了，快去問她。你是男人吧？」

這傢伙之前還那麼有幹勁，現在是不是嫌麻煩了？

「知道了啦……我先傳訊息問問看。」

我心不甘情不願地開啟跟楓小姐的Connect聊天視窗。

最後收到的訊息，是我設計緣司和楓小姐見面的那一天，楓小姐傳的『對不起』。

「要怎麼問呢……」

「問她方不方便現在去她家不就行了？她住神戶吧？反正我們正準備回去。這種事直接一點比較好吧？」

「說得對。我問一下。」

『楓小姐，妳在家嗎？我有些事想問妳。』

不到一分鐘就傳來楓小姐的回應。

『對不起！我回老家了，現在媽媽要送我回家，過一段時間才會到！』

「那麼要不要去接楓小姐，我們三人一起回神戶？這樣可以在車上聊吧？」

妳又沒見過人家，都不會排斥嗎？

可是，既然光不介意，只要詢問楓小姐的意願即可。

『我現在人在淡路島，如果妳正要回家，要不要載妳一程？我要問的事也可以在車上聊。』

本想接著說明光也在，我卻不知道要如何開口。

楓小姐應該在賞花時曾經看過光一次，但她不知道我們的關係。

正常來說，假如知道我跟前女友兩個人一起來到淡路島兜風，都會想問我們到底是什麼情況吧。

不過楓小姐可能會若無其事地問：「你們該不會變成砲友了吧～？」我覺得很可怕。這樣一來我和光之間肯定會醞釀出奇怪的氣氛。

在我擔心這種事的期間，楓小姐傳來回覆。

『一個人去淡路島？你真奇怪耶。』

不是。我才沒有那麼邊緣……可惜我無法否認。

『啊，難道還有其他人？』

現在光沒在看我的智慧型手機。

既然如此，我只要在Connect上跟她介紹光就行了。

這樣見面時楓小姐就不會亂說話。

『跟朋友在一起。她也是緣司的朋友，算有點關係。』

『原來如此～了解。那可以請你來接我嗎？我傳地址給你～』

好，這樣就沒問題了。

我感到安心，和光一起前往楓小姐的老家。

然而，我馬上就會為這個天真的想法後悔。

「哈嘍～翔。」

「嗨。先上車吧。」

「好的～」

楓小姐上車的同時，瀰漫光身上淡淡香水味的車內，多出符合楓小姐形象的金木犀香氣。

「咦？原來你說的朋友是女生啊～妳好，我叫日和楓～」

「妳好，我叫高宮光。」

「不過真想不到耶～翔竟然喜歡這種類型的女生～」

「我不是說她只是普通朋友嗎？」

楓小姐肯定會亂講話。我早有預料，所以這點小事不足以撼動我。這點光也一樣，即使我看向副駕駛座，她也沒有表現出絲毫動搖的樣子。

「朋友……嗯，是沒錯。」

「……嗯？」

雖然楓小姐對光模稜兩可的回應感到疑惑，她似乎一下就猜到我們的關係，對我竊竊私語……

「該不會是……砲友？」

「才、才不是！」

「你們在聊什麼？」

幸好沒被光聽見。楓小姐，真的求妳別講這種話。我們的關係的確跟朋友有些許不同，但也不是砲……什麼的。

「啊！不是嗎～這樣呀～」

我搶先開口，以免還想說些什麼的楓小姐又亂講話，搞僵我和光的關係。

「是我前女友啦。但我們最近關係變得不錯……」

「啊～原來如此、原來如此～那還真是……對不起喔？」

「欸，你們兩個在說什麼悄悄話？我也要加入。」

「呃，沒說什麼啦。」

不換個話題，光八成會追問。楓小姐察覺我的意圖，接下這個任務。

「不過你們為什麼會跑來淡路島？」
「我們是……那個……呃，旅行？妳呢？」
「沒什麼特別的原因～神戶離這裡很近，所以我常回來～」
開車開了幾分鐘，我想進入正題，真的要問的時候卻緊張起來。
光抓住我的袖子，我瞄了她一眼，她用眼神示意我：「趁現在，快問。」
然後我回答：「妳問啦，我在開車耶。」我當然也是用眼神。
俗話說眼睛比嘴巴更會說話，虧我們居然有辦法這樣溝通。不愧是契合度百分之九十八。
可是，這是我要做的事，為了緣司，我必須採取行動。不能因為難為情就逃避。
「啊！難不成我臉上有飯粒～？是因為我剛剛才吃過飯嗎～在哪裡？幫我弄掉、幫我弄掉～」
光頻頻偷看楓小姐的臉，楓小姐不停觸摸自己的臉頰，檢查臉上有沒有髒東西。
光也想幫我詢問，無奈說不出口。現在就是這樣的氣氛。
明明想講重要的事，對方卻回：「我臉上有飯粒嗎～」確實難以啟齒。
「啊，不是的……」

「……嗯？那怎麼了？」

不得不說。因為今天就是為此才會來到這裡。

「我是緣司的朋友。」

突如其來的神祕宣言，使得楓小姐困惑地歪過頭。

我也不知道自己為何要說這種話。不過大腦還沒思考，嘴巴就先動了。

「我知道呀？」

因為是朋友，所以我想幫助他。

可惜我的力量不足，一無所知、束手無策，在光的扶持下才好不容易面向前方。即使如此，還是不夠。

「我想了解緣司，想幫上他的忙。緣司有煩惱的話，我想幫助他。可是，我一點都不了解他，而且還是最近才發現……咦？我想表達什麼啊……」

我著急得開始語無倫次，光便把手放到我的大腿上，用眼神向我示意：「別擔心。」

「……我知道，謝謝妳。」

要是講錯話，又會給緣司造成困擾。

我不希望這種事發生。可是我想了解緣司，而且必須了解他。緣司不會主動跟我分

享，我必須自己去詢問。

「我想知道妳和緣司之間發生的事，所以請妳告訴我。」

結果，我沒有那麼聰明，只能傻傻地直接詢問。

光什麼都沒說，我感覺得到放在大腿上的手力道加重了。

「知道後你打算怎麼做？」

「這個嘛……老實說要聽了才知道，但我認為你們避不見面並不對。」

我很慶幸能和光重逢。

重逢之後我這麼想過好幾次。

倘若我們就這樣再也不見面，我說不定會永遠過著無趣的人生。

能夠見到光，受到緣司的幫助，有心露小姐陪在身邊，才總算造就現在的我。

我希望緣司也能來到這一邊。

一直被過去折磨，想必十分痛苦吧。既然如此，我想要將把我推到這一邊的緣司拽過來。

「你真的好喜歡阿一呢。」

「咦？呃，不是……」

「幹嘛害羞啊。」

「我才沒有害羞！妳別誤會！」

「不要講傲嬌會說的話好不好？噁心死了。」

「吵死了！妳也沒好到哪裡去吧！」

「臉好紅！你果然在害羞吧！」

「那個～可以不要把我晾在旁邊嗎～？」

「「啊，對不起。」」

我們吵架的頻率雖然降低了，還是滿常吵起來。這也是只有跟光才能做的事。託緣司的福，才有現在的我，所以我希望他也……

「好呀，我告訴你。可能會講得有點久，沒關係嗎？」

「當然。我會聽到最後。」

楓小姐看著車窗外被燈光照得絢爛美麗的摩天輪嘆了口氣。

她的視線明明落在摩天輪上面，我卻覺得她彷彿正注視著更遙遠的地方，帶著一絲哀愁。

「……我高中的時候，被阿一甩了。」

緣司說被甩的人是他。

楓小姐開始述說往事，只不過內容跟我聽說的有些出入。

第六話 越開朗的人其實煩惱越多。

我從小就在看別人的臉色生活。

並非出於刻意。純粹是發自內心不想被別人討厭，自然而然養成這個習慣。

我會這麼做，大概是家庭環境所致。

我們家有四個人。父母和大我很多歲的哥哥，還有我這個弟弟。

雙親都有工作，待在家的時間稱不上多。

在這樣的家庭環境下，哥哥擔下父母的職責。

小學回家的時候，家裡總是沒人。爸爸和媽媽自然不用說，哥哥也要參加國中的社團活動，所以社團活動結束前，我都是一個人。

哥哥回家後會打掃家裡和煮晚餐。

我也想做點什麼。總是讓哥哥做事，我覺得很過意不去。然而，哥哥每次都會這樣回答：

「緣司還是小孩子，什麼都不用做喔。」

忘記是什麼時候，有一次哥哥回來前，我想代替他把家事做好。

可是結果並不順利。

儘管想幫忙打掃，卻弄倒一堆東西；想幫忙煮晚餐，卻不小心用菜刀切到手指。

根本沒辦法做得跟哥哥一樣好。

「緣司，你在幹嘛啊！」

哥哥回來看到我切到手指，勃然大怒。

我只是想讓哥哥開心，想讓他有多一點時間休息，不想成為哥哥的累贅。

「別害我操心，你什麼都不用做。」

聽見這句話，我發現自己對哥哥而言是必須照顧的人，是個絆腳石。

爸爸和媽媽平日都是深夜才回家，一大早就出門。因為太晚睡覺會被罵，我只有六日見得到他們。

我很孤單。

「倉木同學，用菜刀的時候手要擺成貓掌喔。喵～」

上烹飪課時，跟我同班的小楓模仿貓告訴我。雖說是同班，我念的小學學生很少，所以我們從小一的時候開始就一直同班。

小楓從小就特別成熟，我們明明同年，她卻跟大姊姊一樣。偶爾顯露的幼稚面跟有點脫線的部分，我都覺得很可愛。

「喵、喵～這樣嗎？」

「沒錯～做得很好～喵～」

我不知不覺喜歡上她。

她非常溫柔，會關心總是孤孤單單的我，邀我出去玩。

儘管她約我玩的都是女生喜歡的遊戲，還是很愉快。

扮家家酒——

「好了～吃飯嘍～今天吃炸蝗蟲～」

「咦……我不要吃那種東西……」

洋娃娃——

「我要來幫全身肌肉的你換上這件輕飄飄的洋裝嘍～」

「這個組合很奇怪吧？」

畫畫——

「你畫的是什麼？比卡丘？」

「是……咪老鼠……」

我也想像其他男生一樣，出去踢足球或玩鬼抓人，可是講這種話，小楓肯定不會再跟我玩。

這是我最不想看見的。

我現在之所以跟女生興趣比較合，容易體會女生的心情，原因想必就在這裡。實際上跟小楓玩很開心，所以我並不介意。

小楓廚藝好，我便請她教我做菜。

我去她家練習很多次，有一天還在家裡試著下廚。

結果很順利，我默默等待哥哥回來。

我想得到他的稱讚，想讓他知道我也做得到。然而，不管我怎麼等，都等不到哥哥回家。

這時我接到一通電話。是媽媽打來的。

『有重要的事情要告訴你。』

她接下來說的話，還是小孩的我聽不太懂，可是好像是說我以後再也見不到哥哥和爸爸了。

爸爸和媽媽離婚了。

當時我小到連換姓氏的理由都不明白。

兩個小孩要跟誰，爸爸和媽媽決定尊重當事人的意見，而哥哥好像選擇和爸爸一起生活。

媽媽在話筒另一端哭得實在太厲害，因此我選擇跟著她。

說實話，我不想和哥哥分開。

我還沒跟他說我學會做晚餐了。沒讓他誇獎我。沒讓他承認我能獨當一面。

明明還沒證明我已經不是哥哥的累贅。

不論是爸爸還是媽媽，我都喜歡，但哥哥對我來說，更像真正的父母。

爸爸和媽媽離婚後，我和媽媽共度的時間增加了。

媽媽似乎換了工作。放學回來時，她總會準備好晚餐，歡迎我回來。

我不再孤單。

內心卻無比空虛。

「緣司真厲害，竟然會自己做菜呢。」

媽媽帶著溫柔的笑容稱讚我。可是，哥哥已經不在身邊。
媽媽說，或許再也見不到面了。
「那你可以去找他呀！」
「去找他？咦？可是我又不知道他住哪裡……」
「這理由很有理喲～」
「妳在講冷笑話嗎……？」
我聽從小楓的建議，決定去找哥哥。
我偷看媽媽的手機，找到她跟哥哥傳的簡訊。
我沒有手機，不能傳簡訊給他。不過，我從簡訊的內容得知，哥哥和爸爸目前住在神戶。
假日，我跟小楓帶著寥寥無幾的零用錢坐上公車。
「啊——這些錢不夠喔。」
下公車的時候，司機跟我們說。幸好排在後面、不認識的老奶奶幫忙付錢，我們才得以順利下車。
途中，試圖做點什麼的小楓說要用身體付錢，害我有點著急……

沒錢搭公車回去。可是，只要能見到哥哥就好。

明明連他在哪裡都不知道，我們卻在三宮站附近四處徘徊。

到了晚上八點，愛睏的我們在路邊坐下。

過沒多久，兩位警察從遠方跑來。

「你是一之瀨緣司弟弟嗎？旁邊的女孩是日和楓妹妹？」

我們跟著警察回到派出所等待，來的人是媽媽。旁邊還有一名陌生的女性。那個人哭著打了小楓一巴掌，我立刻猜到她是小楓的母親。

跟她們相反，我的母親只是哭著抱緊我。好溫暖。可是我的心好冷。

沒能見到哥哥。

媽媽不停對著因疲憊和絕望陷入茫然的我，訴說同一句話。

「對不起。」

為什麼媽媽要道歉呢？

為什麼媽媽要哭泣呢？

是我擅自跑來神戶，害她擔心，該道歉的人是我才對。沒能見到哥哥，想哭的人是我才對。

自從那天起，媽媽臉上就失去笑容。

升上國中後，想見哥哥的心情也沒那麼強烈了。

從那之後過了許多年，他肯定把我忘了。跟哥哥的回憶，我也忘得差不多了。

童年的記憶就只有這種程度。

回家後，我和媽媽只會有最低限度的交流，帶去學校的便當也變成每天早上放在桌上的一千日圓。

當時我正值青春期，沒有繼續和小楓玩在一起。

淡路島的學校只有那幾所，我們自然一直就讀同一所學校，並且分到同一個班級，可是跟女生玩會被其他人調侃。

小楓仍舊對我關心有加，我卻選擇和男性朋友玩。

接著，儘管我漸漸開始覺得回家很痛苦，我始終在媽媽面前扮演一個「乖兒子」。

我會確實在天黑之前回家，煮兩人份的晚餐，打掃和洗衣等家事也全是我在做。

因為我不想孤孤單單一個人。

我總是在看媽媽的臉色，以免她不需要我，或者突然不告而別。

我的朋友草野同學曾經說我很難約。

「今天大家要一起去海邊釣魚，你也會來對吧？」

「咦？嗯！當然嘍！『老子』也要加一～」

我戴上不習慣的面具，努力不惹人厭。

被討厭就會淪為孤單一人。

我再也不想嘗到那個滋味。

「阿一，你最近是不是在硬撐？」

「沒啊，『老子』平常不就這樣嗎？」

小楓來關心我的時候，我也不敢表露真心。

「媽媽，你看。我當上學生會長了……很厲害吧……？」

「……這樣啊。緣司真了不起呢。」

即使得到稱讚，內心依然空虛。

說不定我會永遠當一具空殼。我是這麼認為的。

「阿一，可以來一下嗎？」

「幹、幹嘛啦。」

小楓把我叫到校舍後面，害我期待她要跟我告白。同學們也在吹口哨，現場很有那個氣氛。

「你最近怪怪的。」

「哪裡怪，很正常啊。」

沒錯。我理應成了眾所期望的「一之瀨緣司」。

「變回以前那樣嘛。我不喜歡現在的阿一。」

「……要妳管！妳懂什麼！受到父母的疼愛，還有一堆朋友，妳怎麼可能理解我的心情！」

這句話非常傷人。

我真是差勁。

我大概會像這樣失去一個又一個朋友、家人，以及重要的人吧。我這個人就是擁有這樣的命運，既懦弱又沒用。

對小楓口出惡言的當天，媽媽失蹤了。她留下的字條只寫著一句：「對不起。」

這下我真的要孤身一人了。再也沒有人可以依賴，再也沒有人會向我伸出援手。

沒有任何人。

之後，我時隔數年見到了爸爸。

他好像願意照顧我。可是，我這個時候是國三生，春天要去念哪所高中也已經決定好了。

事到如今跑去和哥哥一起生活，我也不知道該如何跟他相處，更重要的是，我害怕哥哥或許會忘記我。

即使被別人拋棄，只要見到哥哥就不再孤獨，哥哥會重新接納我——因為我一直這麼告訴自己，藉此勉強保持精神。

我害怕失去唯一剩下的心靈支柱，不想面對現實，於是答應爸爸的提議，自己一個人住。

「阿一。」

感覺快要壞掉了。

是小楓在這時拯救了我。

「阿一並不孤單喔。」

我明明對她講了那麼傷人的話，小楓卻從背後抱緊環住雙膝坐在地上的我，溫柔地

包容我。

「覺得難過就哭吧。如果你會寂寞，可以依賴我喲。有我陪在你身邊。」

一直悶在心裡的情緒一口氣潰堤。

「嗚啊啊啊啊啊啊！為什麼要丟下我一個人！為什麼大家都要離開！『我』明明是個乖孩子啊！」

「對呀，阿一是個乖孩子。好偉大，你一直在忍耐呢。」

「沒錯！我一直在當一個乖孩子！每天都活得很痛苦，卻一直忍耐！努力讓自己不要哭出來！因為我已經長大了，不可以哭，虧我那麼努力！」

「你還是小孩。我也一樣。所以，想哭就哭吧。大人也是，遇到難過的事逃避也沒關係。我會成為你的避風港。」

下雨天，家門前，我在小楓懷裡哭了好幾個小時，甚至累到睡著。

累積數年的壓力，全部隨著眼淚流出。

睜開眼睛時，我睡在跟媽媽一起住過的家中，但我不是一個人。

「早安，阿一。」

眼睛腫了起來，總覺得視野比平常更加狹窄。

不過狹窄的視野中依舊存在光芒。

「早安，小楓。」

不知為何，小楓眼睛也紅紅的。她陪我一起哭了嗎？

我已經不再孤單。

無論發生什麼事，都有小楓在。所以，我不是一個人。

升上高中後。

小楓每天早上都會來接我，跟我一起上學。

假日則會去她家，她的家人把我當成真正的家人對待。

這裡就是我的歸處。

「欸，緣司，你跟日和同學感情很好耶？那個……你們在交往嗎？」

跟我同班的溝口同學小聲詢問。

我一直喜歡小楓。可是，我們並沒有在交往。

「……沒有啊。」

「這樣啊！太好了！其實我喜歡日和同學……」

「……你不嫌棄的話，那個……我會為你加油。」

小楓大概把我當成弟弟看待。因此，往後我們也八成不會有交往的一天。我是這麼認為的。

可是我不介意。

因為可以一直跟她在一起，這樣不是很好嗎？

交往會有什麼改變？可以做情侶才能做的事。例如……接吻？還有更進一步的……

比起交往帶來的好處，我更害怕告白遭拒，不能維持現在的關係。

我只剩下小楓了。

託小楓的福交到的許多朋友，大家人都很好，但還是不太一樣。

儘管大家願意把我當朋友，我卻在內心築起一道牆。

一旦對一個人敞開心房，被拒絕的時候就會很難過。

因此，我只會對確定絕對不會離開我的小楓敞開心房。

可是，我因為不想被討厭的關係，總是在扮演別人理想中的「一之瀨緣司」。這已經是改不掉的壞習慣。

所以，我不想被朋友討厭。

「我打算今天跟她告白……！所以緣司，幫我把日和同學約到頂樓……！」

我無法拒絕。

「小楓，今天放學後，妳可以來頂樓一趟嗎？」

「……咦！嗯、嗯。我知道了。」

我躲在陰影處看著這一幕。

「日和同學，請妳……跟我交往！」

「……」

從我在的地方看不見小楓的表情。

「對不起。我只把你當成朋友。」

她留下這句話快步離去，溝口同學反射性朝她的背影伸出手，眉頭緊皺。

老實說我鬆了口氣。

我真是差勁的朋友。嘴上說要為他加油，實際上卻……

從那天起，小楓就開始躲我。

難道她誤以為我會跟溝口同學一樣和她告白，覺得麻煩才想先防患於未然嗎？

就這樣，我又成了孤單一人。

＊

某天，跟我同班的倉木同學改變姓氏，成了一之瀨同學。

我當時還是小學生，不知道原因，便去詢問媽媽。

「有時候姓氏會改變。可是，妳不可以去問原因喔。」

雖然聽不懂，我也會有姓氏改變的一天嗎？如果會，我希望是個可愛的姓氏──我悠哉地這麼想。

姓氏改變後，我開始覺得一之瀨同學的笑容是裝出來的。

他在勉強自己笑。其實他的內心在哭泣，卻忍著悲傷，裝作若無其事。

跟媽媽硬把東西塞進壁櫥的時候好像啊──我記得自己當時是這樣想的。

在這之後，我就莫名在意一之瀨同學。

不知為何覺得他像個需要照顧的弟弟。

升上國中時，我意識到那叫做戀愛。

可是，我產生這種自覺的時候，阿一已經變得不是我認識的他了。

一言以蔽之，就是很可怕。

溫柔的表情、語氣和講話方式，如今蕩然無存。即使如此，我還是放不下他，不停找他說話。

「……要妳管！妳懂什麼！受到父母的疼愛，還有一堆朋友，妳怎麼可能理解我的心情！」

即使我如今成為大學生了，這句話依然在我的腦海揮之不去。

我很傷心。即使如此，阿一看起來總是在哭泣，我不忍心置之不理，堅持繼續找他說話。

阿一說得沒錯，我一點都不懂他。

我升上國中才終於明白他改變姓氏的理由。當時我也不明白，他為何跟最喜歡的哥哥分隔兩地。

我想更了解阿一。想幫助他。他在哭泣的話，想為他拭去眼淚。想陪在他身邊。

在我產生這個念頭的時候，阿一真的變成孤身一人了。

聽說他的母親離家出走了。

淡路島的人際關係比較單純，鄰居家的事很快就會傳開。

我看到疑似阿一父親的人在跟他說話，然後他就拋下阿一走掉了。

你要去哪裡？帶阿一一起去嘛。為什麼要拋下他呢？為什麼要留他一個人呢？算了。

那就由我來陪他。

「媽媽，拜託妳，讓阿一也來當我們的家人！」

媽媽很困擾，但她知道阿一的家庭狀況，也認識阿一的母親，所以她同意了。

我還是小學生的時候，跟阿一一起去找過他的哥哥。媽媽好像是在那個時候認識阿一的母親。

不曉得阿一的母親跑去哪裡了。媽媽好像也不知道。

阿一養成常來我家的習慣後，過了數年。

我們理所當然上了同一所高中。

「日和同學，請妳……跟我交往！」

一位姓溝口的男生向我告白。

老實說我跟他沒講過幾句話，對他沒有任何感覺。

而且我喜歡的人是阿一。

頂樓的圍欄反射出我身後躲著一個人。

拒絕溝口同學、離開頂樓時，我看見那個人是阿一。

阿一怎麼會在這裡？

我感到好奇，在通往頂樓的門關上後，偷聽他們的對話。

「對不起，緣司。你都為我加油了。」

「沒關係……真可惜。不過，有跟人家告白也算不留遺憾了……往好處想吧？」

阿一也有幫忙溝口同學跟我告白，他是支持他的。

意思是，阿一不介意我當其他人的女朋友。

我自認自己活得挺樂觀的。

沒有特別嚴重的煩惱，沒有不滿，活得比一般人更幸福。對我這種人來說，僅僅一次的失戀輕易就能在內心留下巨大的傷痕。

從那天開始，看到阿一的臉、聽見阿一的聲音，會令我感到痛苦不已，於是我開始躲他。

但阿一跟我同校，又都住在淡路島，無論如何都避不了見面。

我下定決心選了神戶的大學，離開淡路島。因為遇到痛苦的事，逃走就行了。

神戶人口眾多，大學的社團和打工處都有許多男生，很多人跟我告白。然而，我實在忘不了阿一。

不能再這樣下去。我已經決定不再見他，所以才來到神戶。可是，我忘不了他。

我鼓起勇氣開始使用交友軟體。

我跟許多男生見過面。有時險些被抓去開房間，還有人硬約我去他家，被我拒絕依然糾纏不清，吃了許多苦頭。

儘管如此，只要像這樣跟其他人見面，總有一天能忘記阿一。

我以為隨著時間經過，對他的好感一定會越來越淡。

見到翔、知道他是阿一的朋友，這份心情再也按捺不住。

『雖然我剛剛才講過那種話，我還是想見阿一一面，方便請你幫忙嗎？』

我想再見阿一一面。見到他又能怎麼樣呢？這個問題我連想都沒想過，一心只想見到他。

「阿一。」

「小……楓？」

又見到阿一了。

阿一想必很恨我突然開始躲他。

我那麼想忘記他，見到他的時候卻差點喜極而泣。

可是，阿一果然恨我的樣子。

他對安排我們見面的翔破口大罵，一句話都沒跟我說就回去了。

又要見不到他了嗎？

又要懷著悲傷的心情生活了嗎？

正當我這麼想時，翔跑來問我：

「我想了解緣司，想幫上他的忙。緣司有煩惱的話，我想幫助他。可是，我一點都不了解他，而且還是最近才發現……咦？我想表達什麼啊……」

他感覺跟我好像。

卻又和我不同。

和我不同，他選擇採取行動。

翔為了阿一著想，想將阿一從無法逃離的黑暗中拯救出來。遇到這樣的他之後，我也產生了同樣的念頭。

不會讓阿一孤單。

＊

孤單令人痛苦。

我忍受不了孤獨，逃到了神戶。

決定搬去神戶時，爸爸提議要一起住，可是我選擇自己獨居。

事到如今見到哥哥，那也不是當時的他。

哥哥八成也不記得我了，我對爸爸則幾乎沒有童年的記憶。

媽媽離家出走的時候、決定去神戶念大學的時候，我都跟爸爸見過面，他給我的印象就是個不熟的大叔。

因此，我再次選擇獨居。

神戶的大學有一堆學生，上大學後，我也仍在扮演大家理想中的「一之瀨緣司」。

開始用Connect，也是因為有人會理我。

在Connect上跟人聊天的期間、跟人見面的期間，儘管我的內心依舊孤獨，都會有人陪伴。

心中的寂寞稍微排解了一些。

我還開始去咖啡廳打工。

之所以選擇咖啡廳，是因為我知道很多大學生在那裡打工。只要在那裡交朋友，就能讓自己不要那麼孤單。

然後，我在那家咖啡廳遇到小翔。

我對小翔的第一印象，是沒一處跟我合得來的人。

用字遣詞、價值觀、生活習慣，以及喜歡的東西，統統沒有共通點。

在大學和Connect上認識的人都會誇我帥，女孩子總是聽從我的要求。不過，這其實是有原因，或者說有目的。

他們希望我給予某些回報。

可是小翔不一樣。

我總是想受到他人喜愛，基本上會扮演一個親切的人。我至今以來憑藉這一招，跟大部分的人都能處得很好。

說對方想聽的話，用對方喜歡的態度相處，成為對方理想中的「一之瀨緣司」。

「你維持這個形象不累嗎？」

不過，小翔一下就看穿了。

「我只是要去吃牛丼，不要跟來啦。」

毫不留情的怒罵，不知為何也令人開心。

因為其他人大多跟我一樣，習慣看我的臉色。小翔則願意對我說真心話。

我逐漸對小翔產生興趣，認識他一年後，他已經能讓我露出真正的笑容。

不知何時開始，我把哥哥跟小翔重疊在一起了。

只要有小翔在，我就不會孤單。

儘管我還沒辦法忘記小楓，戀愛又不是一切，有重要的朋友就夠了。我明明是這樣想的。

「阿一。」

「小……楓？」

辛酸的記憶重現腦海，導致我無法維持「一之瀨緣司」平常的形象，忍不住對小翔破口大罵。

這下真的要沒人陪了。

家人、喜歡的人和朋友都不在了。

即使如此，小翔還是對我伸出援手。

果凍的垃圾和運動飲料的空瓶，過了這麼多天仍舊放在矮桌上。

我捨不得丟。

總覺得只要丟掉它們，我跟小翔的關係就會澈底斷絕。

身體也恢復得差不多了，明天起又必須變回大家理想中的「一之瀨緣司」。

好難受，好痛苦。可是就算只是表面上的，最好還是有朋友。

我已經快要崩潰了。快要瘋掉了。

這時，我收到一則ＬＩＮＥ訊息。

『可以見個面嗎？我想找你商量一下翔的問題。』

是小光傳來的。

他們跟我計畫中的一樣，正在逐漸修復關係。

我不希望小翔走上跟我一樣的路，所以才設計讓他們再見一次面。

「你對於自己的戀情很後悔，所以看到我的處境，不希望我犯下跟你同樣的錯誤，才會安排我跟光見面，不是嗎？」

我想起翔說過的話。

他說得沒錯。

我卻罵他為我做的是多管閒事。我明明也做過同樣的事。

隔了這麼久見到小楓一面，我其實很高興。

我知道小楓不喜歡我，然而光是看到喜歡的人，就會感到喜悅。

我始終忘不掉小楓，為了喜歡上其他人才開始用Connect，卻忘不了她。

小光難得傳ＬＩＮＥ給我，或許她就是煩惱到要向我求助。

我希望小翔能和小光重逢，坦誠相見、重修舊好，所以只要跟他們有關，我什麼忙都想幫。

可是我才剛對他說過那種傷人的話，真的沒關係嗎？

『我非常需要你的建議。你現在方便出門嗎？我過去找你。』

我已讀後過了幾秒，小光又傳來一則訊息。

『知道了。我大概二十分鐘後好。』

這麼送出回覆後，我因為從早上到現在都一直躺在床上，決定先去廁所洗把臉。

以剛痊癒的人來說，我的身體很輕盈。

我按照約定在大約二十分鐘後出門，前往小光指定的地點。

離我家三分鐘路程的地方有座公園。

雖然現在是晚上，沒有半個人，因為附近有小學，所以傍晚有很多小學生會聚集在這邊。

小光好像還沒來，我便先坐到旁邊的長椅上。

她還沒聯絡我，應該要等一段時間。在我如此心想時，一陣腳步聲傳入耳中。

沙子摩擦的窸窣聲響起，聽得出對方離我越近，走得就越慢。雖然可能是不認識的人，不規則的走路方式令我感覺不太對勁，因此我還是往那邊看了過去。

「嗨，你已經……痊癒了嗎？」

「……小翔，你怎麼在這裡？」

儘管我瞬間感到訝異，立刻就發現小光和小翔是一夥的。可是，為什麼要特地利用小光呢？

「就算我找你出來，你也不會來吧？畢竟剛發生那種事。」

小翔馬上猜到我的疑惑，為我說明。

的確，正因為約我出來的人是小光，我才沒有任何疑惑。

如果換作小翔約我出來，我八成會顧慮到時來的人說不定又是小楓，心生戒備。

「以你來說還真聰明耶。」

「哈！閉嘴啦，少酸我了。」

他露出不符合刻薄語氣的笑容，用手指摩擦鼻尖。

那是人類緊張時會做的動作。小翔在緊張。我也是。

那天過後，我們之間的氣氛就變得有點尷尬。

他來探病後雖然改善了一些，依舊無法恢復以往的關係。

小翔坐到我旁邊，遞給我一罐罐裝咖啡。

「你是夏天喝熱咖啡，冬天喝冰咖啡的怪人，我不知道你春天要喝什麼。我自己喝冰的，就幫你也買冰的……要喝嗎？」

「咦？原來你相信啊。我開玩笑的。謝謝你。」

「啥？我、我當然知道你是開玩笑。」

小翔喝了口微糖的罐裝咖啡。

「我和光一起去了淡路島。」

「……為什麼要跟我說？」

小翔大概還在企圖讓我跟小楓見面。

我猜他可能是為此才跑去淡路島，然而去了又能查到什麼呢？

住在那邊會覺得那是座小島，卻沒有小到幾天就能逛遍每個角落，而且知道我過去的人又只有小楓。再說連小楓應該都不知道全貌。

「從現在開始──不如說未來永遠。」

「……嗯？」

「你都要對我說真心話喔。」

小翔這麼說著，又喝了一口咖啡。

「楓小姐跟我說了你的過去。」

「又在自作主張……」

「抱歉。可是聽完之後，我不認為讓你們見面是在多管閒事。你們應該見面，好好地談一談。」

「所以我叫你不要插手了吧？」

我不想再嘗到痛苦、辛酸，以及悲傷的滋味。

「你叫我不要後悔對吧？因為你逃跑了，沒有確認楓小姐真正的心意，自己在為此

後悔。」

「我之前也說過，不是你想的那樣。」

所以，別再揭我瘡疤了。

「你不想再受到傷害，下意識自我防衛。不與任何人深交，只維持淺薄的人際關係，是想避免自己對別人產生感情。」

「你很煩耶……！」

「你問過楓小姐為什麼要躲你嗎？楓小姐說過討厭你嗎？你那麼會讀心，其實你早就發現了吧？你害怕去確認嗎？」

「我不是叫你不要多管閒事嗎！少管我！」

「我沒辦法不管。就算你罵我給你添麻煩，我也會為了實現你真正的願望而行動。你想保護自己，壓抑自己的心情，因此後悔不已對吧？既然如此……！」

「又不會怎樣！總有一天會忘記！總有一天能解脫！只要忍到那個時候就好！」

「並不會。兩年都忘不了楓小姐的你，應該知道沒有那麼簡單吧？我也……一樣，所以我可以理解。如果你害怕變得孤單，我會陪在你身邊。所以，你要不要照自己的意思去做？」

「要你管。跟『你這個人』沒有關——」

「——怎麼可能沒有關係呢？」

「就是沒有關係……！『你這個人』沒道理插手……！」

「——因為我們是朋友啊！」

這是他第一次這麼說。

小翔總是不說我是他的朋友。

我需要跟人保持適度的心理距離，跟小翔相處時卻不會這麼做。因為小翔動不動就敷衍我，也不會討好我，跟其他人比起來，小翔是特別的。

我把他當成可以自然相處的朋友。

小翔討厭我——我是這麼認為的，所以不管他怎麼看待我，我都不會受傷。思及此，我放心了。可是我們真的吵架的時候，我發現小翔在我心中占了很大的位置。

「『你這個人』……只是聽小楓說過我的過去，又沒有親眼看到過。」

「沒錯，我不認識以前的你，但我認識現在的你。對別人的情緒很敏銳，跟誰都能

打好關係的親切好人，在學校和打工處營造出能幹又受人喜愛的形象，其實有幼稚的一面又任性，喜歡惡作劇，還會抄我的作業，實在有夠卑鄙。不過你比任何人都還要為朋友著想，在道歉前會先道謝。我全都知道。」

別說了，一點都不像你。

跟平常一樣敷衍我啊。

我會害怕失去你。

「你表面看來總是無憂無慮，其實有意外悲觀的一面。總是壓抑情緒，以便任何人離開自己都能接受。你可以不用再這麼做了。」

「……」

「有我在。緣司——你並不孤單。以失去為前提的想法是不對的。我不會離開。」

「……『小翔』。」

「所以，告訴我你的真心話吧，我也會對你說出真實的想法。讓我們成為真正的朋友吧。」

我低垂著頭。等到注意到時，淚水已經不知不覺沾溼了手背。

「小翔，我……現在也喜歡小楓。一直喜歡著她。可是我逃走了，我們再也回不到以前的關係。不論你怎麼幫忙，兩年的時間都會成為阻礙，我也不會想主動去見她……我好怕。」

小楓會躲我一定有原因。

她不是會沒來由做這種事的人。

可是，一扯到小楓我就會失去冷靜，不知道她在想什麼。

儘管小翔也很難懂，小楓更難理解。我覺得這是因為我喜歡她。

「那你自己去確認吧。」

「咦……？」

小翔看向公園入口附近。

從樹叢後面探出頭的，是小光和——

「小楓……！」

「哈、哈嘍～好久不見，阿一。」

小楓搔著臉頰，目光游移不定，朝這邊走過來。

「對不起，偷聽你們說話。不過，是我拜託翔幫忙的，他並沒有錯。」

這不重要。她聽見剛才的對話，代表她也聽見我哭著說喜歡她了。

「我啊，一直很想跟你道歉。」

「道什麼歉……？」

「就是我當時躲著你。明明說過不會讓你孤單，卻打破約定，對不起喔……？」

「已經沒關係了。因為我現在有重要的朋友。」

我這麼說著望向小翔，他羞紅了臉，大口喝著咖啡。好像女主角會有的反應。

「我也喜歡阿一。」

小楓靦腆地說。

因為她在想什麼，我完全無法預測，所以我很意外。

我一直以為她把我當成弟弟看待。

「所以知道你幫溝口同學約我出來，我非常難過，選擇與你拉開距離。原因應該跟你一樣，因為不想受傷吧……」

「原來……是這樣。」

小楓的確在溝口同學告白之後，才開始躲我。我以為她是怕我這個好朋友跟她告白，她會感到困擾才躲我，如今事實擺在眼前，真不曉得我為何會這麼想。

假如當時我向她說出真心話，就不會繞這麼多遠路了。

小翔和小光亦然。真希望他們快點講開。

「可是，託翔和光的福，我們才能像這樣再見到面，傳達真正的想法。才有機會為那件事道歉。所以——」

「等一下。」

「……阿一？」

「接下來的話……要由我來說……！」

我要告白。如果要告白，就應該由男生主動，而且我也想展現自己有男子氣概的一面給小楓看。

「啊，那個……就是……」

「嗯，讓我們回到從前的關係吧。」

「——咦？」

她剛剛說什麼？

也就是說，小楓沒打算跟我交往，純粹是我自己在那邊高興……

正常來說確實如此。因為我們都兩年沒見了，怎麼可能一重逢就交往。

好丟臉，丟臉死了，真想找個洞埋進去。

「可是，我們和當時並不完全相同。」

「咦？」

「我想從現在開始，加深我們對彼此的了解。不是以前那種朋友、家人般的關係……比較接近另一半……的人選？」

「……哈哈！嗯，說得對。重新開始吧。我不會再逃避了。真的對不起，還有，謝謝妳。」

我這麼說完，小楓臉上漾起跟以前一樣柔和且嬌羞的笑容。

「總覺得好難為情喔～啊！阿一，你也臉紅了～」

「才、才沒有！我是因為剛剛才哭過！」

小翔和小光並肩站在我們後面，露出既無奈又安心的表情相視而笑。

接下來輪到小翔了。

我知道小翔忘不了小光。然而，他想不想跟她復合，我不得而知；小翔本人八成也毫無頭緒。

小光也是。

他們也還不知道自己想跟對方變成什麼樣的關係。

得先搞清楚這一點才行。

拜小翔所賜，我才能再次像這樣跟小楓見到面，還有了能坦誠相對的朋友。我已經養成習慣，或許要花上一些時間才改得掉，但我再也不用扮演別人理想中的「一之瀨緣司」了。

我有小翔，還有小楓陪伴。

「小翔，對不起，之前對你說了那麼過分的話。還有……謝謝你。」

「……嗯。我也要跟你道歉。還有……活該啦。」

「……嗯？什麼意思？」

「少管我。跟你沒關係。」

「喂～！不可以講這種話吧～！」

「我只是在學你！」

「我的語氣才沒那麼惹人厭！」

「有！我早就決定這件事解決後要對你講這句話！」

「什麼鬼，哇～心胸有夠狹窄！」

「確實。」

「光不要跟著嘲諷我！」

「「這是事實嘛。」」

「你們默契未免太好了吧！」

終於和小翔徹底和好了。

儘管還有點尷尬，跟小楓也在真正意義上重逢了。

要不要去見哥哥呢？現在我就不怕了。

以後的生活感覺會很有趣，這些全都是多虧小翔喲。

謝謝你，未來也請多多指教喔。

第七話　從朋友變成戀愛對象，這種事也是有的。

又是一如往常的平日。

上午一面跟睡魔抗戰，一面恪守學生的本分，中午前往擠滿人的食堂。

來到食堂，心露小姐坐在老地方幫忙占位子……她沒有占位子的意思，周圍的人卻自然而然遠離她，在她身邊形成一個空白的圓形區域。

大家不是討厭她，也不是害怕她，純粹是因為心露小姐這個人過於神聖，讓人不敢靠近。這叫做心露牆，或者聖域。名字是我取的就是了。

我也覺得有點誇張，可是實際看到坐在那裡的心露小姐，就會覺得好像有道理。因為她身上散發著微光。這只是我的錯覺，或者說幻覺，心露小姐當然不可能真的在發光，但她的長相就是標緻到足以令人產生錯覺，有股美少女氣場。

「午安，心露小姐。」

「午、午安，阿祥先生。」

我簡單跟她打了聲招呼，坐到旁邊。

不久前我還會避免坐在她隔壁。因為心露小姐對我說了別有深意的話，導致我產生誤會，兀自持續在意……

不過是我想太多了，心露小姐只是想以朋友的身分陪伴我。我怎麼會那麼丟臉。

「你們一直都會像這樣打招呼嗎？」

「緣司，你跟來幹嘛啦？心露小姐會緊張吧？」

跟心露小姐約好要一起吃午餐後，午休時間我便開始和緣司分頭行動。我們和好的第一個平日午休，他不知為何擅自跟來。可以的話，希望他讓我們兩人獨處，不然我怕心露小姐不能放鬆。

「我不介意……！賞花的時候我和一之瀨同學成為朋友了，而且我總不能只跟阿祥先生一個人縮話……！」

「小翔，你也聽到了。一起吃又不會怎樣，三個人比較開心啊。」

「心露小姐不介意的話，是無所謂……」

「可是，這樣變成只有小光被排擠耶。要找她來嗎？」

「你在說什麼啊？她是校外人士吧？警衛會罵人。」

「小翔好冷淡～又不會被發現。」
再說光也要上學。吃個午餐就回學校太麻煩了，她不可能答應。
「對了，初音同學和小光在我們回去之後，變成好朋友了嗎？」
緣司邊吃咖哩邊問。這點我也很好奇。
是我介紹她們認識的，當然會好奇兩人之後的發展……畢竟我是光的前男友。
「是的……！我們現在每天都會用ＬＩＮＥ聊天喔。這週末還要約出去玩！」
「這樣啊～真不錯耶，下次再四個人一起玩吧。」
玩？不知道她們要去哪裡。
光那傢伙會不會說我壞話啊？
「啊，找到了，緣司——！」
我們三人聊到一半，食堂門口傳來呼喚緣司的聲音。
我望向聲音來源，六個打扮得光鮮亮麗，看起來活潑外向的女生站在那裡。
「啊！我忘記今天跟人有約了。抱歉，我先走了。明天起要記得約我喔！」
「是是是，大紅人快去吧。」
「啊！小翔，你該不會在吃醋吧～？」

「誰會吃醋啊，小心我揍你喔！」
「你害羞了～！」
「緣司！」
「哇，我要逃了～！」
緣司端著咖哩落荒而逃，我沒能逮到他，因此嘆了口氣，心露小姐則輕笑出聲。
「你們感情真好，我好羨慕。」
「真是的，那傢伙煩死了。」
「你看起來不是真的嫌他煩耶？」
「哈哈，是沒錯。」
「希望我總有一天也能成為會被你這樣威脅的好朋友。」
「就算我們是好朋友，我也不會對妳講這種話啦！」
「啊，我不是那個意思……！那個，我被打不會興奮啦……！」
心露小姐滿臉通紅，雙手快速揮來揮去。
「所、所以，那個，我、我不是淫燙的人……！」
淫燙。她每次講到這個詞都一定會吃螺絲。我下定決心，死都不能讓心露小姐說出那個詞。

「妳的意思是，想跟我變成能讓我放開的好朋友對吧？放心，我懂。」

「那、那就好……！」

「可是，我們再怎麼熟，我對妳的講話方式和相處模式都不會改變吧。」

「咦？為、為什麼……？」

因為我喜歡跟妳相處時，這種平靜的氛圍。跟緣司相處時，情緒高漲一點比較愉快；跟光相處時，能互酸的距離感剛剛好。

相處模式因人而異……類似這種感覺吧。

「我們維持現在的關係就好。」

「……這樣啊……」

心露小姐好像沒有聽懂一般回話。不知為何，她感覺有點沮喪。我沒有惡意啊……

我想轉換氣氛，在腦內尋找話題。

「啊！對了，我的野餐墊在誰那邊呢？」

「啊！對、對不起！現在在我家……本來想今天帶來還你，不小心忘記了……上完課我再拿去你家，方便告訴我地址嗎……？」

心露小姐急忙打開智慧型手機的備忘錄。可是用不著特地跑一趟啦……

「明天再還也沒關係。不如說，我一點都不著急。那是我爺爺的，他好像有一堆野餐墊。」

「不不不……！這怎麼行！既然是借來的東西，就應該趕快還人家！」

「那、那至少由我去拿……」

「不可以！跟別人借東西還叫人家自己來拿，這種事我辦不到！」

她看起來絲毫不打算退讓，我被她的氣勢壓制住，便將地址告訴她。接著，午休時間轉瞬即逝，下午的課也在相對較弱的睡魔干擾下努力撐過了。

回家後大約過了半小時，心露小姐傳了LINE給我。

『我快到了。』

『好的。』

心露小姐似乎住在離我家最近的車站兩站遠的地方，花不了太多時間。

本來想先出去等她，結果我下到公寓一樓時，剛好看見心露小姐。

「心露小姐，這邊、這邊！」

「啊！阿祥先生！」

她一看到我就露出燦爛的笑容，用運動白痴的姿勢跑過來。我感覺到臉頰不受控制地發熱。呃，因為就……很可愛啊……

「讓你久等了……！來，野餐墊還你。」

「真的謝謝妳特地跑一趟。」

「我在學校遇得到你，小光才拜託我幫忙還，我卻拖了那麼久，對不起……」

「不不不，真的不急！」

心露小姐抬起頭，一滴水滴落在她的鼻尖。

「……下雨了？」

我如此喃喃說道，雨勢立刻變大。

「哇，下得好大！心露小姐，先進大廳躲雨吧！」

「好、好的！」

我用智慧型手機查看天氣預報，降雨機率只有百分之二十，稱不上高。看烏雲的動向，推測是半小時就會停的午後雷陣雨。

「呆站在這邊等雨停好浪費時間，要來我家坐坐嗎？」

我沒有什麼特別的深意。

可是，剛講完我就覺得男性邀女性到家裡，感覺像要做那種事。心露小姐似乎也有同樣的感想，她的臉有點紅。她想像力豐富，對色色的話題也意外敏感。我意識到自己說錯話了，有點後悔。

「你方便的話……」

「那、那麼，請進……」

她沒有深意，只是想進來躲雨。所以藤谷翔，你最好不要誤會。

心露小姐進門後，用閃亮的雙眼環視整個房間。

幸好我家常保整潔。

色色的東西也全存在智慧型手機裡，無論如何都不會對心露小姐造成不良影響。

她明明跟我同年，不知為何我卻像個擔心小孩學到怪知識的大人。

萬一給如此純潔無垢的少女看見A書，我會被全世界的男人怨恨。

「你房間的東西好少。」

「喔——對啊。因為我這個人沒什麼興趣。啊！可是我對床特別講究。畢竟人一生有三分之一的時間在睡覺。」

「呵呵！好符合你的個性。」

怎麼會這樣？明明平常都是心露小姐羞得手忙腳亂，我從容不迫地應對，現在卻反過來了。

我為什麼這麼緊張啊？

因為心露小姐在我房間屬於異常事態，這裡又是密室，距離感特別近嗎？

「對、對了，要不要試躺看看！」

「咦！」

我坐在床上拍拍旁邊，心露小姐大吃一驚。啊啊，對喔。躺男人的床超級奇怪。我情急之下說出口的建議，害氣氛變得更加緊張。

因為我們只是普通朋友。

「那麼，打擾了。」

「啊！」

心露小姐這麼說著，坐到我床上——我每天睡的床上，然後緩緩躺下。

「哇～好棒。真的好舒服。而且這張床好大，兩個人躺剛剛好。」

「這好歹是張雙人床……」

我心不在焉地回答。一想到心露小姐躺在旁邊，我的心臟就劇烈跳動。連續三句話

都有「心」。

「為什麼是雙人床……？該不會是跟小光……？」

「不是，是我最近打工存錢買來的。我在網路上看到，成年男性其實要睡單人床加大以上的尺寸，比較能好好休息……」

「原、原來如此……對不起，問了奇怪的問題。」

「不會啦，沒關係……」

我幹嘛這麼緊張呢？對方可是心露小姐。她是朋友，對她產生那種想法太失禮了。給我克制住。

「對了，我有件事想拜託你。」

心露小姐從床上坐起來，用手梳理頭髮。

我依然不敢動，坐在床邊。

「什麼事？」

「我也可以用本名叫你嗎？」

這個要求真令人意想不到。

的確，我們比起在Connect上認識的異性，感覺更像大學同學。

剛開始那種沒有將個人資料統統展示出來的關係早已結束。

既然如此，用本名稱呼對方或許可以說再正常不過。

「原來是這個啊？當然沒問題。」

「還有……希望你也……叫我心就好……」

她低著頭小聲這麼說。即使隔著玻璃窗，外面的雨聲仍舊清晰可聞。足以將心露小姐微弱的聲音蓋過的巨大雨聲充斥整個房間。儘管如此，我還是聽得一清二楚。

為什麼要這麼害羞地說？

朋友互叫名字不是很普遍嗎？

被朋友叫名字有必要那麼害羞嗎？雖然以心露小姐的個性看來，她會這麼想也並不奇怪。

「知道了。那我以後就叫妳心同學。」

「好高興……小光和一之瀨同學都叫你名字，也被你用名字叫，我一直希望能跟他們一樣……」

這點小事早說就好。可是心露——不對，心同學開不了口。她就是那樣的人。我明白，我理解，所以我得體諒她的心情。因為我們是朋友。

「我一直在想，那個……就是……像我這種人……說要讓你忘記前任……會不會太囂張了……」

「怎麼會。請妳不要貶低自己。妳很有魅力，我非常慶幸能認識妳。」

遇到心同學後，每天都充滿樂趣。

可是我和光也差不多在同一個時期重逢，是誰的功勞還真不好說……不，肯定是她們兩個的功勞。而且託緣司的福，我現在覺得更快樂了。

我身邊沒有人是不該認識的。

「我也很高興能認識你……雨應該快停了吧……」

話一說完，心露小姐大概是覺得害羞，從床上起身望向窗外——

——劈啪！轟隆轟隆轟隆！

一陣光閃過，緊接著是震耳欲聾的巨響。

「呀！」

事情發生在心同學站起來的瞬間。她被雷聲嚇得向後縮，往我這邊倒。

「——啊。」

我被她壓在身下，距離近得鼻子都快碰到了。

我們一時沒反應過來發生什麼事，當場僵住。這段時間連一秒都不到，我卻覺得彷彿過了好幾分鐘。

「對、對不起——」

我回過神來，抓住她纖細的肩膀想要讓她遠離我，心露小姐卻握住我的手。

「我會怕，可以就這樣再陪我一下嗎……？」

我沒有回話，默許了她的要求。

心同學確實在發抖。被我抓住的肩膀顫抖不止，或許是因為緊張，她在眼前注視我的雙眸也目光游移。

過了兩分鐘左右。

心同學慢慢平靜下來，然後開口說：

「翔同學……對我有什麼感覺？」

突如其來的問題，令我感到困惑。

什麼樣的感覺？什麼意思？

儘管我試圖解開疑惑，卻因為緊張的關係大腦無法正常運轉，根本想不出答案。心同學又對我補上一句：

「我們……是朋友嗎……？」

她的語氣、表情和眼神，全都異於往常。

感覺是因為打雷這個異常事態的關係失去冷靜，同時也像作出某種覺悟。

「我做了什麼會讓妳不安的事嗎……？我覺得我們是朋友啊……啊，還是因為中午聊到的那件事……？真的只是因為我想那樣跟妳相處……」

我拚命解釋，心同學忽然挺直背脊坐到床上，彷彿不再害怕打雷。

我也跟著坐到她旁邊。

「你真的好遲鈍……」

「咦？什麼意思……」

「沒事，什麼都沒有！對不起，突然來你家打擾，我差不多該回去了。」

經她這麼一說，我終於發現外面的雨停了。

胸口的震動告訴我，我的心臟仍在劇烈跳動。

我陪心同學一起走到大廳，本來想幫她叫計程車，她卻說這樣太浪費錢了，拒絕了這個提議。

心同學直到最後都跟往常不太一樣，該怎麼說……很適合用「蛻變」來形容。

「那麼翔同學，明天食堂見！」

她帶著比平常更有魅力的笑容留下這句話便回家了。

我自認沒有那麼遲鈍啊……

終章　戀愛既甜蜜又苦澀。

今天是期待已久與心約會的日子。

翔真是狡猾，竟然一直獨占那麼可愛的女生。

他說他們只是朋友，那兩個人真的發自內心這麼覺得嗎？

雖然我不覺得翔容易喜歡上人，心長得那麼可愛，身材又好，纖細得讓人想保護她，又因為沒有朋友的關係特別黏翔，言行舉止都很可愛，怕生的個性乍看之下是缺點，不過講話吃螺絲和偶爾會耍呆的冒失面，統統可愛到不行。

跟如此可愛的女生一起相處，怎麼可能不迷上她。

先不說喜不喜歡，翔對心有過度保護的傾向。

大家一起賞花那天，我和心要留下來顧位子的時候，因為心容易怕生，他也用只有我聽得見的音量悄悄叫我多照顧她一點。

翔應該很重視心吧。這也是當然的，畢竟她那麼可愛。

我搭乘電車前往我們約好要見面的三宮站，一邊欣賞車窗外的景色，一邊沉浸在思緒中。

電車晃來晃去的很舒服，平常的我八成會睡著，可是一想到等等可以見到心，就興奮得半點睡意都沒有。

其實昨晚我也沒睡多少。

連我這個女生都那麼喜歡她，身為男性的翔喜歡她也很正常。

可是，那是想為她聲援而對偶像的喜歡、想保護她而對妹妹的喜歡，還是把她當成一名異性看待呢？

是又如何呢？跟我又沒關係。

因為我僅僅是前女友。我們現在的關係比較像熟悉的朋友，翔要跟誰在一起我都管不著。

而且如果對象是心，以前女友來說反而挺光榮的。

那麼可愛的女生跟我選擇了同一個男人，代表我也有同等的魅力。也就是可以為我增添自信。

所以，如果他們發展成戀愛關係……我會為他們加油。

不對，心明明只把翔當朋友，我為什麼會想到那裡去呢？

我在胡思亂想什麼啊。不行、不行。

可是，他們真的不可能在一起嗎？

翔對心有意思完全說得過去。心有辦法保證自己絕對不會喜歡上翔嗎？

因為他可是翔耶。

翔總是擺著一張臭臉，嘴巴惡毒，眼神又凶惡，性子倔，也沒緣司那麼習慣跟女生相處。

儘管如此，他相當受歡迎。

高中時期也是，我告訴其他同學翔其實不可怕後，他的朋友就自然而然變多了。

他講話不怎麼好聽，又目光凶惡，導致大家容易跟他保持距離，其實翔的條件相當不錯。

緣司的事件又讓我發現他新的魅力。

我們交往了三年以上，翔卻還有許多我不知道的優點。

會為朋友那麼煩惱、那麼痛苦，平常總是躺在床上不肯動，卻願意為緣司盡心盡力，意外地很有行動力。

翔那麼有魅力，心愛上他或許並不奇怪。

因為我也被他迷住過。

話說我幹嘛為這種事煩惱啊？

如果翔和心交往了，我會支持他們。這樣不就行了？跟我又沒關係。

翔當時說的話，在我腦中揮之不去。

——並不會。兩年都忘不了楓小姐的你，應該知道沒有那麼簡單吧？我也……一樣，所以我可以理解。

我在想什麼蠢事啊。

那番話只是用來說服緣司，翔不是真的那樣想。

他不可能分手後還在為我煩惱。因為都過一年了，那麼長的時間一直在為我煩惱、糾結，根本不可能。

其實我心底早已明白。

雖說是為了說服人，翔不會在那種場合說謊。他不是那種人。

可是，翔知道我躲在後面偷聽。即使那是他的真心話，他會講給我聽見嗎？他有那麼笨嗎？

不過，不是不可能。

翔當時的情緒非常激動。連交往三年以上的我，都不常看到他那樣。

那種狀態下無法作出冷靜的判斷，不小心講出平常不會說的真心話也有可能吧？

「唉……」

那又如何呢？

因為我只是他的前任，分手後我確實一直忘不了翔，卻不是因為喜歡。純粹是好奇交往那麼久的對象現在過得如何，這很正常。

不管是打工處的同事、以前的朋友，還是愛店的店員，會關心認識三年以上的人很正常……沒什麼好奇怪。

想著想著，電車不知不覺抵達三宮站，我在車門關上的前一刻緊急跳出去。

「……嗯！光……！」

心碰巧就在眼前。

看來她剛從反方向的電車下來。

「好巧喔，心，我們同時到耶！」

「嗯，真的好巧……！呵呵！」

心高興地笑著，比我剛才想像的笑容燦爛好幾倍。啊啊，真的比不過她……呃，不是，我又沒有要跟她比。

「我們先吃午餐吧……？」

心一副「讓我這種人決定目的地沒關係嗎？」的態度，我當然舉雙手贊成，因為我從出生的那一刻起，就受到隨時處於飢餓狀態的詛咒。

「好呀，妳有想吃的東西嗎？」

我們邊聊邊走向驗票口。

搭乘手扶梯時，心站在我下面抬頭看著我，非常可愛。可愛到我懷疑她真的跟我是同一種生物嗎？同時為造物主的不公感到憤怒。

「嗯——我想知道妳喜歡吃什麼，所以吃妳平常去的店就好……」

思考時豎起食指抵住嘴唇的動作、想去我常去的店的理由，全都好可愛。誰有辦法不愛上她呢？

「那就……」

於是，我們去的是以森林、咖啡廳和蛋包飯為關鍵字的老地方——

「這家店的蛋包飯超好吃的。」

「……這樣呀。」

不知為何，心的表情看起來有點憂鬱。

「妳常來這家店嗎……？」

「嗯，對呀。高中時就挺常來的。」

「……這樣啊。」

她果然不太有精神。

可是，不久前她還那麼開心，是我選錯店了嗎？

心慢慢恢復精神，走出店門時還笑著稱讚好吃。

比較令人在意的是，吃完飯她要去洗手間時，毫不猶豫地直線走向我們的座位不容易看到的洗手間。

難道她也來過這家店嗎？

這樣的話，她說不定是因為我信心十足地介紹珍藏好店，不想潑我冷水才沒精神。

我不認為自己選的店有問題，只想得到這個理由。

離開咖啡廳後，我們走在中心街上，幫對方挑好看的衣服，去購物中心裡面的美妝店逛化妝品，不只逛街，還有買東西。

沒想到心對化妝品和名牌那麼熟，感覺得出來她應該花了不少時間研究。

原本就夠可愛了，還不吝於努力讓自己變得更可愛，真是完美的美少女。

我也沒有疏於努力。有交往三年的對象，自然得努力不懈，以免他哪天沒了新鮮感。聽說男人是用眼睛談戀愛，因此我一直在維持可愛的樣子。這個習慣現在仍未改掉。然而，我和心底子的差距顯而易見。

我自認我算挺可愛的，可是看到等級這麼高的美少女……對吧？

傍晚，我考慮到心還沒有胃吃晚餐，建議去公園聊一下天。

我們稍微離開中心街，來到名為東遊樂園的公園。雖說叫做遊樂園，這裡並沒有雲霄飛車和旋轉木馬這種遊樂設施，而是有一大塊空地，要辦活動時會在那裡搭許多帳篷的場所。

晚上會用燈光營造出浪漫的氣氛，所以這個地方也很受情侶歡迎。我們正在約會，來這裡剛好。

「我要去買點東西喝，妳要嗎？」

「沒關係，我不用。」

「知道了！」

我在自動販賣機買了水，坐到心旁邊。

心大概在想事情，低垂的視線似乎落在地面上。

「今天好開心喔。妳真的好可愛，我一直被可愛到～」

「哪、哪有……！妳那麼親切，我才崇拜妳呢……我也很開心，希望妳能再陪我出來玩。」

她講這句話的時候應該很害羞吧，真可愛——我如此心想，轉頭望向心，沒想到她面不改色。

不僅沒害羞，臉上還帶著柔和的微笑，很安心的樣子。

「當然可以。我甚至想請妳每天都讓我膜拜妳的盛世美顏……」

「盛世美顏……呵呵！」

心因為我的用詞笑出聲來。啊啊，她在笑。好高貴喔……

「對了，妳是不是有煩惱？妳偶爾會愁眉苦臉，我有點擔心。」

「咦……有、有嗎……？」

「嗯。雖然不至於到『世界要滅亡啦——！』那麼嚴重，可是妳好像挺頭痛的，還好嗎？」

「對不起，害妳擔心了……不過，我沒事……」

又來了。

她嘴上在否認，卻露出我在咖啡廳看過的那種表情。

不只在咖啡廳的時候，光是今天我就看過好幾次。

全是依稀看過的表情。

我如此在腦內搜尋，不到幾秒就找到了。

是鏡子。倒映在鏡中的，是不久前的我。

煩惱什麼的表情。

正在回憶的表情。

啊，原來如此。

當時的我和現在的心一樣。

在為某人煩惱，在思念某人，而露出那樣的表情。

心是在什麼時候露出那種表情的？

抵達咖啡廳的時候——還有我聊到翔的那幾次。

她之前就去過那家咖啡廳，所以知道洗手間在哪裡。至於對象……

沒錯，認識翔之前，心沒有半個朋友。然後，她在認識緣司和我後，跟緣司一起去的可能性也很低。這代表她第一次去那家咖啡廳時，是跟翔一起去的。

「——光。」

我從未見過有人帶家人去那家店，大部分的客人都把它當成跟朋友聊天的場所。既然如此，心果然不是和家人，而是和翔去的嘍？

如果翔帶心去了那家咖啡廳，說那是他的愛店。

心知道我們從高中開始交往。

我也跟她說過，我高中就會去那家咖啡廳。

心聽了會難過的理由……

只有一個。

她在想像翔和我的過去，感到心痛。

我認為女孩子這種生物都一樣，不願去想像喜歡的人跟前任的過去。

「光——」

也就是說，心果然喜歡翔。

這沒什麼好奇怪的。因為翔比外表看來更溫柔，儘管很笨拙，卻願意為別人全心全意地付出，像個大哥哥，還有可靠的一面，外表也算帥，從旁看來有種把心當成特別之人對待的感覺，心說過她喜歡看少女漫畫，八成對這種公主般的特殊待遇沒抵抗力。這叫什麼呀？騎士團？

「——光——」

心愛上翔的理由，要多少有多少。

為什麼這麼簡單的事，我到現在才明白呢？

心喜歡翔。

那麼，我要做的只有一件事。

支持他們，有必要的話提供協助，跟處理緣司那件事的時候一樣。

「——光……！」

「咦……？」

「妳從剛剛就好像聽不見我說話……」

「啊，對、對不起！」

我幹嘛這麼專注呢？

只是知道朋友喜歡前男友而已。

只要為他們加油即可。

沒錯，就這麼簡單。

立刻確認心的心意，告訴她「包在我身上！」就行。

「妳怎麼了……？」

「咦，沒、沒有啦！沒事！」

咦？為什麼我說不出想說的話呢？

為什麼開不了口說我要幫忙呢？

——廚藝那麼爛，還是為了我努力做便當的部分。

我想起翔曾經說過的話。

——吃什麼看起來都很好吃的部分。

我有點高興，原來翔觀察我觀察得那麼仔細。

——笑的時候會用雙手掩嘴的部分。

連我都沒發現的小動作，翔也看在眼裡。

——下樓梯時最後兩階會用跳的。

會引人發笑的怪習慣也被他看見了。不過，仔細一想，我喜歡翔的部分也全都不太正常。

——「為什麼妳會在這裡！」「為什麼你會在這裡！」

現在回想起來，從那一刻起，我就——

我想起我們在Connect上的對話內容。

契合度百分之九十八，非常聊得來，興趣也很合。這是當然的，因為我們是交往超過三年的前任。

「心，差不多該去吃晚餐嘍！」

「嗯、嗯……！」

我和心一同走向開著許多家餐廳的生田街。

看見心的表情，我的胸口揪了起來。

怎麼會這樣呢？

難得才剛透過翔的介紹，跟這麼乖巧的女生成為朋友。

將來卻注定有一個人會受傷。是我也就罷了——我不這麼認為，畢竟我也沒那麼容易調整好心態。可是，我也不想看到心難過。

上帝真殘酷。為什麼要讓我們相遇呢？為什麼戀愛只能兩個人談呢？

我再也不會找藉口。因為我意識到了。

我至今——仍然喜歡翔。

後記

感謝大家閱讀本作，我是ナナシまる。

聽說作家這種生物，大多會拿實際體驗過的事、自身的感覺和自身的經驗來創作故事。我知道自己的這種傾向特別強烈，本作也是因為我在交友軟體上配對到前任才寫出的故事。前兩集的五位登場人物也都有各自的原型。翔、光、心、緣司，以及楓。我試圖藉由拿實際存在的人物當原型，讓筆下的角色更加活靈活現。拜其所賜，自認寫出了角色的魅力，深深體會到作家自身的經驗果然很重要。

換個話題，寫這部作品的空檔，我會利用等待責編回信的期間或無事可做的時間，撰寫出道後就完全沒在投稿網上投稿過的異世界奇幻故事。

雖然寫這篇後記的時候還沒開始，這是因為我打算參加KADOKAWA經營的小說投稿網站「カクヨム」的一大重要活動——カクヨム網路小說大賽。

不過，如上所述，我是親身經歷會嚴重影響作品的類型。

我從未去過異世界，我寫得出那種故事嗎？老實說有困難。因此，我想暫時不當作家ナナシまる，先去拯救看看快被卡車撞到的貓或少女，設法前往異世界，請大家不要找我。

玩笑話到此為止，以下是謝詞。

首先是稱其為本作的地下作者也不為過，經常在各方面提供幫助的責編K大人。每次都要勞煩您從旁協助我這個機器白痴兼不諳世事的人，在此誠心向您致謝。將來說不定也會給您添麻煩，還請多多關照。

然後是繪製插圖的秋乃える大人。

我也知道身為一名作者不該偏心，但我硬要說的話是心派。不過寫第二集的期間，我轉為態度逐漸改變、越來越可愛的光派，之後看到第二集封面的心，又變回心派了。謝謝您提供擁有此等神力的美麗插圖。不是我花心，是圖太美動搖了我的意志。絕對是這樣。

接著要感謝各位校對人員、角川Sneaker文庫編輯部的成員、各家書店的負責人、行銷、在無知的我不知道的地方協助本作出版的工作人員，以及閱讀本書的各位讀者。甚至有人特地跑到本作的舞臺神戶，還有人買了不只一本想推薦給沒看過的人，我感受到本作受到許多人的支持，打從心底感到喜悅，同時也深深感謝大家。
今後也請各位多多支持《在交友軟體上與前任重逢了。》一書。

國家圖書館出版品預行編目資料

在交友軟體上與前任重逢了。/ ナナシまる作；Runoka譯. -- 初版. -- 臺北市：臺灣角川股份有限公司, 2023.12-

冊；　公分. -- (Kadokawa fantastic novels)

譯自：マッチングアプリで元恋人と再会した。

ISBN 978-626-378-293-8(第2冊：平裝)

861.57　　112017365

Kadokawa
Fantastic
Novels

在交友軟體上與前任重逢了。 2

(原著名：マッチングアプリで元恋人と再会した。2)

2023年12月6日　初版第1刷發行

作　者：ナナシまる
插　畫：秋乃える
譯　者：Runoka

發行人：岩崎剛人
總編輯：蔡佩芬
編　輯：彭曉凡
美術設計：莊捷寧
印　務：李明修（主任）、張加恩（主任）、張凱棋

發行所：台灣角川股份有限公司
地　址：104台北市中山區松江路223號3樓
電　話：（02）2515-3000
傳　真：（02）2515-0033
網　址：www.kadokawa.com.tw
劃撥帳戶：台灣角川股份有限公司
劃撥帳號：19487412
法律顧問：有澤法律事務所
製　版：尚騰印刷事業有限公司
ISBN：978-626-378-293-8